上方文化人川柳の会

相合傘 十

JDC

川柳の気持ち

旭堂　南陵

毎日新聞の川柳の欄に、「マサイ族　ケイタイ持って　狩に行く」という句が載っていました。選者も選者なら、作者も作者です。近代化したアフリカを知らんのかと、腹立たしい思いになりました。

この作者はどんな気持ちでこの句を作ったのだろう。マサイ族が原始的と思い、ケイタイを持っている近代性とを比較したかったのだろうか？　大間違いである。民族は固有の文化を持っていて、それをからかう気持ちで川柳にしてはならないはずです。

時として、自分の気持ちや思想を前面に出し、違う考えの人を皮肉ったりする句も見受けますが、結局ブーメランで、そんな人は自分も皮肉られるだけのことです。

下ネタもちょいちょい見かけますが、ちょっと間違えると、セクハラになります。バレ句の大会なら初めからそのつもりで男女が参加するのですから良いのですが、相合傘のように男女が席題等で作句するのですから、嫌な思いをする方も多いはず。男にとって笑えても、女性にとっては嫌な気持ちになる場合もあるケースも多いわけです。

「まぁ河野のおっちゃんだけは皆が認めてますので、例外やなぁ。でも、どっかにユーモアがありまっさかいになぁ」

川柳は風刺、皮肉の精神というけれど、それは強い者に対しての態度です。しかし、やっぱりユーモアの気持ちが根底に流れてないと、後味が悪いですわなぁ。

（講談師）

いまだ、任務完了せず

釜中　明

「もっと鳴け　終章知るや　蝉時雨」

昨年、所属する川柳の会「相合傘」の例会で、お題の「鳴く」で最優秀の「天」をとったこの句を思い出した。

生を受け地中で7年、やっと地上に出て種をつなぎ使命を全うしたと、誇らしげに「任務完了」を宣言している様に聴こえた。全身全霊、命の謳歌《おうか》である。若いころ暑苦しいと思った合唱がいとおしく聴こえるのは齢《よわい》のせいか。

8月、子供たち家族が喜寿の祝いをしてくれた。息子から「喜寿は満年齢か数え年、どちらが良い？」と聞かれたので「うれしいことは早い方がよい」と数え年をリクエストした。母と孫たち四世代が集ってにぎやかな感謝の宴であった。

間もなく96歳の母は「新聞も眼鏡なしで読むし、どこも痛くないから100歳まで生きられる」と最近言い出した。「そうだね、大丈夫だ」と私も太鼓判を押している。しかし、耳が遠くなりテレビの音量に閉口している。「目は近く耳遠くなり尻重い」という私の自虐川柳もある。

昭和16年8月、母が20歳の時に私を生んだ。父は5カ月後に出征し19年7月21日ビルマ（現・ミャンマー）で戦死した。故に、私は父の顔を記憶にないし、母は後家を通し私を育てた。この誕生会ほど命の伝承を尊く思ったことはない。

作家曽野綾子さんの「生涯の終わりに望む言葉は」というエッセーを読んだ。「私が死んだ時、誰かが『任務完了』と手書きで私の胸の上に載せてくれないかと思う」という。

今、母を老々介護の日々である。朝、嘔吐《おうと》して大騒ぎしたことを、午後にはまるで記憶にない。先日も徘徊《はいかい》しGPSに助けられた。そこで、一句、

「百まぢか　老々介護　日々新」

蝉時雨の夏に、つくづく思う。100歳を生きてくれるであろう母のその時に「任務完了」と、渾身《こんしん》の墨書で胸の上に飾りたい。私の任務はまだまだ続く。

（大阪日日新聞・平成29年9月29日からの転載）

（一般社団法人　いい家塾・塾長）

ややこしい言葉

古川嘉一郎

いわゆる大阪弁には、標準語にはない様々な言葉があるが、その代表たる言葉をひとつ選ぶとすれば、「ややこしい」という言葉ではないだろうか。

手元にある各種の辞典から「ややこしい」の項を引いてみる。

まず三省堂の『新明解国語辞典』には、

——中部から中国、四国までの方言で、こみいっているの意——とある。

岩波書店の『広辞苑』には、

——こみいっている。わずらわしく混乱している——と、あっさり書いてあるだけ。

講談社学術文庫の『大阪ことば事典』には、

——こみ入る。複雑な。ごたごたする。こんがらがる。あやしい。うさんな。えたいの知れぬなど、様々な意味を持った大阪独特の語である——とあり、次のような例文も列挙している。

ややこしいて、さっぱりわからへんがな（ゴタゴタしていて筋が通らないという意）。そんなややこしい話、堪忍してんか（込み入った話は御免こうむりたい）。今日はややこしいさかいに、また来てんか（忙しいとか、取り込んでいるなど）。ややこしい男やな（本心のはっきりせぬ、話の辻つまが合わぬ、つかまえどころのない男というような、いろいろの意味を含めている）。気ィつけや、ややこしい男やで（怪しい男だ、うさん臭いから相手になるなの意）。ややこしい噂が立ってまっせ（色気のある、浮いたうわさ）。あの店、このごろややこしいらしいで（内容が危険で、いつ休業するかわからないという意）。ややこしい算術や（難しいというよりも、複雑なという意を含んでいる)。ややこしい絵やなあ(上手なのか、下手なのか、多少下手に近い画などを見た時の評)。ややこしい顔(無精ひげの男など)。そんなややこしい顔しいないな(憂うつな、あるいは深刻な表情に対して)など。

私の解釈を追加すれば、ややこしい服着てるなあは、派手でユニークなファッションなどを指すし、ややこしい場所は、ちょっと危険な地を指すなど。

小学館の『日本国語大辞典』には、

——複雑である。こみいっている。混乱していてわずらわしい——とあり、実例として水上滝太郎の「大阪の宿」という小説に、「社長さんみたいな、ややこしい御商売せんかてよろし」や、横光利一の「上海」という作品に「何だかややこしくなったわね、あなた方お二人が敵同士の会社なら、あたしこれからどちらへ味方したらいいのかしら」という一節をあげている。

梅田書房の『方言と大阪』(猪狩久兵衛著)には次のように記してある。

——ごたごたしている。どうも話が変だ。金銭出入が変だ。男女の間が進み過ぎている。「二人ややこしいぜ」「ややこしい勘定や」「ややこしい問題で困った」「ややこしい話で、わかりにくい」というふうにも使う。また「ややこしい顔」とはヒゲも剃らず気にかかる事でもあるのか、なんだかボッーとしているときの、はっきりしない顔のこと——とある。

東京堂出版の『上方語源辞典』には、

——①こみ入っている。複雑な。面倒な。「ややこしい話持ち込んで来よった」。②判断しにくい。解釈しかねる。「ややこしい文章やな」。③紛らわしい。はっきりせぬ。「そんなややこしい言い方すな」。④怪しい。うさん臭い。疑わしい。「あの二人ややこしいぜ」。⑤あぶない。「近ごろあの会社ちょっとややこしいらしい」など。

語源として、幕末頃から用例が見えるとし、嬰児《ややこ》の形容詞化で、扱いにくいの意の転義であろう――とある。なるほど、赤ん坊にぐずられるのは厄介である。

この他にも「ややこしい人生」(波乱万丈で紆余曲折な人生)。「ややこしい気持」(はっきりせぬ妙な気持)。「ややこしい地名」(難解な地名)。「ややこしい展開」(判断や予断を許さぬプロセス)。さらに、「ややこしい結末」(すっきりしない結末)。「ややこしい仕事」(簡単にクリアー出来ない難しい仕事)。「ややこしい注文」(簡単に受けかねる難度のある注文)。「ややこしい雰囲気」(ちょっと気まずい空気)などと使われる。

◇

と、まあいろいろな「ややこしい」がある訳であるが、私が凄いなと思うのは、小学校や中学校の国語の時間に、先生が生徒に、「ややこしい」の意味や使い方を詳しく解説したり、教えたりもしなかった筈なのに、大阪人は成長するにつれて、前述した「ややこしい」の様々な使い方をちゃんと理解して、日常の暮らしの中でちゃんと使いこなしているという点である。

よって大阪は、大阪人は凄いのである。私はこの高度な大阪文化を誇りに思うのである。

(代表幹事)

相合傘十　目次

相合傘の仲間たち

メンバー作品

新子ミナ子

新　子

パーティでドレスがかぶりとしばれる
いつもより多く回って金メダル
昔からモダンはキザと紙一重
春の日にうたた寝できる果報もの
いつまでも本音が言えぬあかんたれ

（ＮＰＯ法人）

網本　浩幸

浩　柳

人生を論じ唄うは中高年

副作用長寿恐れつサプリ飲む

悟り得たつもりが喪服俺そそる

そこそこの短命願い古稀過ぎた

尊厳死宣言したが妻怖い

（弁護士）

あんがいおまる

優　麗

どんな猫ですかかわいい猫ですよ
今度こそ飼ってやるもんか猫死んだ
雨降らば風吹かば吹け猫睡る
不従順独立自由猫身勝手
清潔好き寒暑に敏感猫偉い

（ふらりふらり）

石津　圭広

石津屋

ハワイ行き中国製の土産買う

教会で無理な約束誓わされ

目を開けて寝る技使え国会中

吊革に頼ってる人に頼る女《ひと》

まあまあねだんだんだんなじむ震度3

(断熱屋)

太田　晃正

甚　六

在りし日の父の想いを忖度し
失言に本音が透ける永田町
縁側で今日七つめの月を呑み
野良猫に人には言えぬ愚痴こぼし
ゴロゴロと寄り添う猫らと寝正月

（翻訳業）

大谷　康男

遊　心

アトムより凄い時代がきているぞ

十八才ににきびにニベアヒゲだらけ

熱闘の若き球児の眼に涙

子を叱る親の心をまわり知る

手が震え目がかすんでも女好き

（会社役員）

大槻　忠郎

小忠

老人会未来思考は墓談義

スマホ馬鹿見て除《よ》けたのにぶち当たる

成長と汗を土産の孫にハグ

寿命１００寝たきりでする仕事いる

リフォームし元の敷居に気遣いす

（無職）

岡本　正　　ただし

近頃は我家《うち》よりきれい駅トイレ

この列はなんの列かと列に付く

寝返りであっさり折れたあばら骨

くよくよとしている割によく食べる

仕舞いまで付き合いきれぬ円周率

（不肖庵　庵主）

奥田　啓知

汚　生

願多く風邪をひいてるお不動さん

墓じまい仏壇じまい泣く和尚

豆ごはん豆を除いて食べる奴

おかわりの声が飛び交う飲み放題

もうダメかトイレの前の人の列

（住職）

桶村久美子

麒麟亭

新人の棒読みニュースこれも春

苦い酒これもありかとまた手酌

うす味の亭主二度浸けしてみたい

よく気づく勘が鋭い不幸せ

闘将は燃えて輝く星となる

（カラーアナリスト）

香川　幸子

香や丸

フラフープ祖母軽やかに得意げに

鯛釣った嘘をつくなとエビ笑い

トランプに自由の女神首ひねる

はんぱ者《もん》言われた俺が母介護

春の雨裸の木々に緑呼ぶ

（心斎橋大学）

柿木　道子

人形姫

大海を知らず生け簀でいばる鯛

老夫婦年越し蕎麦もこま切れに

折り込みのチラシが決めるうちの膳

幼な子に戻った母の髪をあむ

また一つ長く生きたい訳ができ

（くいだおれ代表）

加藤　節子

珍苦者

人生は初め産湯で〆湯灌

トドばあちゃんわてかて昔福娘

クシャミして尿は漏れるし骨も折る

初節句ちっちゃな鯛と紙兜

幼子がたらいに映る月ゆらす

（工芸作家）

蒲田　桂子

凛　々

放り出した亭主のお部屋民泊に

プロポーズ舞台は屋台宵戎

原点は肉無しすき焼き四畳半

相棒はたった百円カップ酒

忖度て書けない読めないい分かんないない

（ジュエラー）

釜中　明

遊　楽

黄昏て昔切れ者今認知
百まぢか老々介護日々新
そうだった今日はあの日の未来なり
移住しょう直木賞よりノーベル賞
またかいな不可逆的を反故にされ

（いい家塾・塾長）

川口　正浩

楽　星

ことごとく試してみたい百八つ

お先棒担いで梯子はずされる

お互いに杖のつもりが共倒れ

洗っても洗えど落ちぬ過去のドロ

ＡＩが出来ないことをひねり出す

（方円塾・碁句楽旅人）

川中由美子

多羅

ご馳走を並べる祖母のたすき掛け
不良品瞬時に除く町工場
間が持てぬ時の仁丹父の癖
里の家売れず壊せず貸せもせず
氷点も沸点もある恋心

（心斎橋大学）

河野　精佑

酔　芯

追い風も向い風でも風邪はひく
煮て蒸され八ツ裂きにされにらみ鯛
寒さすぎ熱さ分らず熱中症
嫁とるか貴女をとるか母とるか
皆がみなマナー違反でうつになり

（会社役員）

旭堂　南陵

嫁はんの雷《かみなり》孫がひらいい針
砂かぶり親方衆の派閥見え
告げるにも誰の子なんかわからへん
鬼は外心じゃ下にババァつけ
おひねりが死語になるだろキャッシュレス

（講談師）

バロン

重政紘二郎

幸　二

部下のミスわが身のために庇いたい
年金問題そもそも寿命長すぎる
月明かり鍵穴探す独り者
問題はあやふやにして時を待つ
民の苦も知らずミサイル雲の上

（会社役員）

清水　三朗

楽朗

先に逝く相棒送りニューライフ

昼あんどん月が昇れば鷹の目に

籠池の庇い庇われ夫婦愛

人生は普通でいいと逝った母

海よりも水着の熟女に目が泳ぎ

（会社役員）

新城　彪

青珊瑚礁

中国でマナーの悪さ指摘され
国民を映す鏡が曇っている
母の背を見て花柄の杖を買う
レジ前の豆大福が呼んでいる
モリカケも半端な野党攻め切れず

（会社役員）

つく詩

杉村　春美

人生はちょっと不幸がちょうどいい
門限を破り激怒の父恋し
長電話そもそも用って何やったん
あやふやな返事で夫婦円満に
体中あちこちきしんでサプリ漬け

（心斎橋大学）

鈴木千賀子

歌　子

朗らかな兄嫁が来て潤滑油

財無けど笑顔配って逝った父

我が人生友一人居て満点や

多言語に路地の紫陽花色変える

七年目除染土に月凍て果てる

（心斎橋大学）

高野　則子

香風

家々の夕餉教える換気扇
福笹のたわみ具合を比べてる
あの時がなかったごとき凪いだ海
あやふやな記憶たどりて田舎道
繁忙期巫女も坊主もバイトです

（会社役員）

田尻　節子

流華

君連れて降りるふるさと春の駅

しあわせはふわりてのひらのるぐらい

勝率は聞いてくれるなマイウエイ

延命も貧乏神もおことわり

老い楽しまだ人生は未解決

（レディースオーダーサロン芽生代表）

田中　伸彦

老—man

定年後話す相手は鏡だけ

喜寿むかえ畳の縁《へり》でけつまずく

頑固より中途半端が好々爺

相槌がいいかげんだと見抜く嫁

退院日キッチン磨き妻を待つ

（専業主夫）

友田多恵子

柘榴《ざくろ》

終電車隣りの肩借り充電中
宴《うたげ》はてわれの靴かといぶかりて
ドラ息子ハローワークで育て上げ
棒の先満員ホール揺るがせる
そのうちにまたそのうちにそのうちに

（造形作家&ギャラリー主宰）

西尾　光子

光波

今日食べた天ぷら明日は体脂肪
足の爪体ひねってやっと切り
俄か雨子らが地蔵に傘をさす
クマ注意看板よりも山返せ
墓参り無沙汰詫びつつ草を引く

（心斎橋大学）

西村　卓朗

眉　卓

水割りで会わなきゃ良かった今の妻

人生は途中経過がおもしろい

父さんを大きく見せた母のうで

豆まきをしても我が家に鬼がいる

相棒がバタバタ逝った次俺か

（粉砕機製造代表）

野田　時子

時々

同窓会病気自慢の花が咲く
あら煮きを父とポチとが取り合いす
母ちゃんのシチュー三つ星より美味い
日が暮れて帰りの道はポチ頼み
鋭さが影を潜めて父老いる

（心斎橋大学）

原　圭子

じょじょ

いっぱいの希望背負《しょ》ってるランドセル
よおしゃべるノド飴なめてまだしゃべる
医者までも追い打ちかけるお年です
ガス電気ついでに息も確かめる
胸の内じっと聞いてた古畳

（心斎橋大学）

平井　頼子

連　雀

阿呆らしや吉野に花の無い旅行

信号はいつも点滅恋の道

掃除機を止めて気がつく沸きこぼれ

昭和の香この家にして老二人

休日は猫語喋って生きてます

（心斎橋大学）

平川　好子

豚珍館

月あかりどこまで歩く影ふたつ
姑にゃ負けて勝てよと母の知恵
薬やめこんな元気になりました
どっかりと腰かけて吐く深い息
満月を両手にのせて祈ってる

（正弁丹吾グループ代表）

福井　眞澄　月歩

万歩計持たされ今日も足が棒

半時の昼寝で復活夏の子ら

売りたいが売らない素振り骨董屋

じいちゃんもおむつしてると孫に見せ

「ワケあり」と書いたら売れた売れ残り

（会社役員）

藤田　恵子

風子

子犬買い婆ちゃん寿命書き換える

田で揺れた月にもシッポ振る子犬

酔っ払い吊革二つ握り締め

ビール缶銘が気になるゴミ置き場

茄子の帯花火に替えた老いの夢

（応援ババ）

古川嘉一郎

流嘉

あの人を終着駅と決めた夜
赤とんぼとまっているよ友の墓
古稀すぎて仕舞い忘れた恋ひとつ
間引きした花の命に手を合わす
このレジと並んだ列が進まない

（放送作家）

丸小山光宥

無文

ゴキブリを叩きそこねて歳さとる
骨拾う言うたお前の骨拾う
寝小便罰はお灸と布団干し
いい加減呑むのは止めて薬飲め
古火鉢メダカ三匹くつろいで

（不動産業代表）

蛮句

宮崎　研之

父さんは出世しないがゴミは出す

悪夢見て起きても亭主いる悪夢

ネイル変え口紅代えて亭主替え

鏡見て笑顔をつくり病室へ

「挑戦」と書き初めをする母卒寿

（会社役員）

室井　明

明太子

絵馬奉納一等席にそっと掛け
あの恋は手文庫のまま焼却炉
色褪せた背広と女房に感謝する
ポスターの文字も読めない無人駅
お好み焼きコテが刀の陣地とり

（まちつくり人）

森島　憲治

明楽生

スマホより心に欲しい充電器

いい夢の続き見たくて二度寝する

挑むほど逃げていくよな天地人

民泊で朝のコンビニ乗っ取られ

大抵は大器になれず老いてゆく

（ファイナンシャルプランナー（ＣＦＰ）・税理士）

祐仙　淳子

あーたん

妻のため働き過ぎて妻は逃げ
「ただ」という言葉につられ高くつく
なめんなよ見たぞ二度付け串落とし
歳のウソ足し算習った孫が突く
頼りきりついて行ったら道迷い

（心斎橋大学）

吉川乃利子

利星

試食してお代わりしたら買わされた

老いてゆく子から孫からペットへと

強面の父が娘の雛飾り

追い出せぬ鬼と一緒に豆を撒く

義母の骨壺にバキバキ入れる嫁

（心斎橋大学）

ヨッシー原本

オンリー

目だけちゃう存在すらも霞んでる
記憶なしそんな人たち国支え
今の世に一年探して出る日報
あんた誰よく見かけると父が言う
ポンコツと言うてくれるなアンティーク

（役者）

白房

渡辺たかき

戦隊ショー終えて正義を脱ぎ捨てる
肩書を取った同士で美味い酒
妻ならぬ女《ひと》とカニ食う日本海
追い風を吹かせる母のほめ言葉
想い出の苦さもともに洗う墓

（執筆業・予備校講師）

私と川柳

相合傘と私

柿木道子
（人形姫）

相合傘とは長いお付き合いになった。中田昌秀、新野新、古川嘉一郎先生方や幹事様方のお蔭であると感謝している。二十年程前、道頓堀川での船遊びがきっかけ。先ず、吉本NGKでの文士劇が四年。その後、川柳の会へお誘いを受けた。例会へ出席し、五七五、といくら指を折っても、私には何の句も浮かんで来なかった。川柳って何だろう？　と疑問だけが残った。が、句集IIに五句投句し、中田先生に「人形姫」の柳名を付けて頂いた。

当時、私は「くいだおれ」という名の食べ物屋の女将をしていた。女将の仕事は結構忙しい。特に夜に店を抜け出す事は難しく、例会も次第に欠席がちに。私には無縁の世界かな、と諦めかけていた頃、相合傘から来て下さった。つまり、例会の会場だ。席には座れなかったが、句集には参加した。下手な句だ。私は接客の他に企画、改装、看板人形の世話、マスコミ対応と、夢中に働いた。が、何故か店は算盤が合わぬと言う。「この店の役目はきっと終わったのだ、ビルも古くなったし」と閉店する事を発表。えらい騒ぎになってしまった。連日マスコミの取材、看板人形とイベントへお招き、店は別れを惜しむ馴染み客や初めての客でごった返し、食器も買い足した。相合傘も大例会を開き華を添えて下さった。

閉店後、新たな始まりとなった。「くいだおれ太郎と女将」のコンビは各地の催しに招かれ、CMにも起用、更に私のどこか抜けた体験談が面白い、と講演依頼が次々と。有難い事だと、全国津々浦々へ。とうとう過労で倒れ、体調不良が続いた。懸命にやるのに、何故かいつも、泣くに泣けない、笑うに笑えない事ばかりや。まるで川柳や!!　ふと、相合傘が浮かんだ。そうや、例会へ行こう!!

メンバーの句は上手い。発想や語彙力が豊かだ。人情の機微を巧みに拾う。この世界は広い。融通無碍だ。皆と食べる料理は美味しい。川柳を肴に酒を酌み交わす、粋でお洒落な一刻だと思う。

「ありがとう、相合傘」

これからも宜しく

清水三朗

　皆さん「日ユ同祖論」という民俗学的な一つの説をご存知でしょうか？　私は小さい時から日本の歴史に興味があり、「平家物語」「太平記」等の戦記物語を愛読していた美少年でした。長じて「日ユ同祖論」を知り、日本の文化にも興味を持ちました。

　同論は明治期に来日したスコットランド人マクラウドが、日本と古代ユダヤの相似性に気づき提唱した考え方です。紀元前6世紀に南ユダヤ王国が滅亡し、全世界に散らばり日本に渡来し、日本人とユダヤ人は共通の先祖を持つ兄弟民族であるという説です。ＤＮＡより文化の類似性に着目した説と思われます。他民族からの侵略・ナチスの迫害に耐え、世界の金融を支配し、イスラエルを建国したユダヤ人と、自然災害を乗り越え、世界唯一の被爆国、戦争からの復興をなしとげた日本人との精神的共通性はあるように思えます。

　１９７０年代にベストセラーとなったイザヤ・ベンダサンの「日本人とユダヤ人」、小松左京の「日本沈没」、特に同書は日本人が国を失い流浪の民となる現代のユダヤ人として描かれています。古事記から始まり、近世の代表的思想家新渡戸稲造、代表的宗教作家遠藤周作を読み、日本人とはいったい何なのかと考えていました。

　後に木津川計先生の一人語り「王将」を観劇する機会があり、それを機に同氏発行の「上方芸能」を定期購読するようになり、歌舞伎・狂言・落語・俳句と関西の芸能文化を知るようになりました。歌舞伎・狂言の観劇、俳句教室にも通いはじめた時期に、西村さんのお誘いがあり「相合傘」に入会しました。入会前に時実新子著「川柳入門」でちょっと勉強もしました。

　皆様に怒られるかもわかりませんが、私にとって川柳はつかず離れずといったところでしょうか。それ程コミットもせず、諸事情もあり第四金曜だけの出席。そんな私でも天を取れれば何となく嬉しい。ちなみに、今までに二回いただきました。

昼は酒夜は女で暇つぶし
さわやかに最期は風になって逝く

これからも皆様宜しくお願いします。

義姉への思い

鈴木千賀子

十年前、心斎橋大学で誘われて相合傘に。才能ある皆さんの魅力と優しさに惹かれて参加する間に、少しずつ川柳の楽しさが分かってきた。

お題から浮かぶ光景を自分の思いに一番近い言葉を探して十七文字に表す。

子供の頃の元旦早朝、私達の枕元を正月用の着物と足袋でササッと動く働き者の母の足音。

除夜の垢落として母の足袋きりり

古川先生が、「このきりりが良い」と言って下さって、自分だけが感じた言葉が浮かぶ時が嬉しくなった。

社会、人生の一コマ、懐かしい人々への思いを形にして残す事ができる喜びも知った。

朗らかな兄嫁が来て潤滑油

この句を例会に出した二カ月後にこの義姉は六十七歳で亡くなった。

田舎の商家に嫁いで来て、高齢の両親を最期まで介護してくれた義姉。私の子供を我が子のように可愛がってくれた。明るく大きな声で笑う人で、母はいつも「あの笑い声を聞くと嫌なことも忘れるよ」と褒めていた。

長年病を抱えながらも周囲を気遣い、優しく振舞う彼女に皆が癒されていた。

私は今まで川柳を身内には見せなかったけれど、病状を知ってこの句をメールで送った。

もう自分では読めなかった兄嫁に代わって姪が耳元で声に出して読んでくれたそう。「ニッコリとしてくれました。私も一緒に泣きました。一生超えることの出来ない母です」と姪からの返信。

相合傘は私に大恩ある義姉の人生を称えるという、今生では二度と出来ないささやかなお礼をさせてくれた。

これも大きな賜り物と感じている。

二つのささやかな夢

友田多恵子

それは突然だった。当時、通っていた朗読教室の西尾先生からお誘いがきた。心の片隅で、いつかどこかで詩とか俳句とか言葉にかかわることができればと思っていないこともなかったが、まさかの川柳！仰天だった。

深い考えもなく、おそるおそる相合傘の例会のお仲間に入れていただいた。暗闇に杖もなく、さまようようなもの。誘われるままになんの予備知識もなく、言葉をあやつる世界に飛び込んだのだ。初めての経験、どうしたらなんとかなるのだろうと、最初は戸惑うことばかりだった。

ところがである。相合傘例会での会員の方々の表情、投句やそのやり取りのライブ感が、すばらしい。思いもかけない発想の乱舞、五七五のたった十七文字が、あちらこちらの世界へ連れってくれる。興味津々、人間ドラマが展開する、社会の窓となり魅了されたのである。

皆さんの投句に、えっ！　これすごいスケール、それは納得、クスッとか、あるあるとか、例会がとても楽しみな時間となった。例会の楽しみと、ごくたまに入選する励みもあっていつの間にか三年以上が経った。入選作はやっぱりさすがにうまい。どうしたらこんなにうまくとしみじみ感じ入ることしばしばである。今のところ、佳作と古川先生選だけのおぼつかない私の句作がいつの日か相合傘例会で、天、地、人に入選することが目下の夢である。

巷では新聞や雑誌の投稿、ネットの投稿も盛んである。その人口はおびただしい数である。今まで知らなかった世界にこんなに大勢の楽しんでいる人がいるのだ。日々の息遣いが聞こえてきそうだ。溜息の出そうな句にお目にかかる。今のところ投稿してもなしのつぶての雑誌やネットの川柳コーナーから、入選便りを貰えることが、次の私の夢である。

下手は下手なり、気長にせっせと駄作を積み重ねるしかあるまい。そんなわけでいつの間にか、川柳が私の日常の中に入り込んでしまっている昨今である。

川柳とわたし

平川好子

　文芸を愛し、終生小さな、粗末な手帳に日々の思いを短歌に託していた母を、私はこんな風に思っていた。日々の辛さを逃れるたったひとつの楽しみが短歌だったのだろうと。母の人生は私にも苛酷すぎるように見えたから。

　でも、私の解釈は間違っていたようだ。

　母が寸暇を惜しんで手帳に歌を書きつけていたとき、彼女の顔は幸せそうに輝いていたに違いない。すべてを忘れて没頭していたに違いない。つまり創作の営みは、逃げ道といった消極的な手段ではなく、生きることの喜びの源泉なのだ。そう思うようになったのは、私自身が川柳の句作に喜びを感じ始めてからである。句を作るためには、今の自分の心を鏡に写し、そこにどんな文字が出てくるかじっと待つのだ。心は決して嘘をつかない。澄み切っていれば、澄み切った句ができる。深く、深く、心を研ぎ澄ませれば、その分だけいい句になってくれる。これぞ詩作の至福でなくして何であろう。

　川柳ブームは文芸離れの進む中、今も静かに続いている。それは何といっても川柳が庶民の文芸だからだろう。五・七・五の簡潔な形式は同じでも、俳句のように格調の高さを求められるわけではない。我々の生活に密着した、いわば土着文芸だからだろう。心の呻きも、悲しみも、川柳にしてしまえば、またそこから生きられる。煮えたぎる憤懣も十七文字の爆笑に変えられる。川柳はそんな大らかな、何でもありの文芸なのだ。

　私もそんな魅力にひかれて川柳を始めたのだが、最近になって少しずつ川柳の奥深さに気づき始めた。それはひとことで言うと、句作を通して知る人生への深い喜びと充実である。寝静まった静寂の中で、句作に没頭しているとき、私の顔はかつての母のように幸せそうに輝いているに違いない。

　山頭火の日記にこんな言葉がある。

「歩かない日はさびしい。呑まない日はさびしい。句を作らない日はさびしい」

　あの放浪の俳人に我が身を重ねるつもりはないけれど、世も名誉もすべて捨てた彼が、「さびしい」という言葉に寄せた句作への深い喜びが、私にもわかるような気がする。

川柳と新たな友古い友

室井　明

四年前、長年のテニス仲間の西村卓朗氏から、『相合傘・八』を見せていただいたのがきっかけである。料亭十方さんで古川嘉一郎先生に紹介いただき入会となった。当日古川嘉一郎選・佳作と二作入選したが、会の先輩からビギナーズ・ラックだよと言われた通り、その後は、まさに鳴かず飛ばず。忘れた頃に辛うじて佳作という状況である。

約三年経って「色褪せた背広と女房に感謝する」がようやく「天」に入選した。メンバーの皆様は、知性と豪快さとユーモラスさに溢れた個性豊かな方ばかりで、食事会そして二次会と親しくお付き合いさせていただき、川柳の会を楽しませていただいている。

ところで、相合傘入会後、古くからの友人にも変化が表われた。例えば、Fさんは『日本一短い「母」への手紙』という本。福井県丸岡町は、「一筆啓上火の用心お仙泣かすな　馬肥やせ」で有名な城下町で、手紙文化の発信基地として、一筆啓上賞作品を出版している。「川柳も自由詩も短い文章で勝負。共通性があるよね。君は川柳、僕は自由詩」とFさんは勝手に土俵を決めている。Iさんからは、田辺聖子氏の『道頓堀の雨に別れて以来なり』という分厚い二冊の本。川柳作家岸本水府の同志や作品を綴った本である。浅学を恥じるのだが田辺聖子氏がこんなに川柳を愛していたとは知らなかった。水府には「酔っぱらひ真理を一ついってのけ」という酒好きには心地よい句もある。また、ある俳句の会の幹事をされているSさんからは、発刊する度に「同人誌」を頂く。彼の作品は秀句揃いで「このレベルの川柳を待ってるよ」と言わんばかりでプレッシャーでもある。昔からの友人知人との間で、「文字」が新たな接点となったのは予想外であった。

新たな友、古い友と新しくコミュニケーションが広がったのは、「相合傘」のお陰であり本当に感謝している。

川柳との出会い

森島憲治

私と川柳の出会いは釜中明さんの事務所で開かれた川柳の勉強会に参加したのがきっかけです。講師は川柳作家の「やすみりえ」さんでした。勉強会は短期間で終了し、興味を持て余していたら、釜中さんから相合傘に誘っていただき入会しました。

相合傘のいいところは、第一に開催場所がミナミの有名店であり、しかも毎回変わることです。いろいろなお店を知ることができ、後々個人的に利用して重宝しています。

第二に会の運営方法です。当日参加者の挙手による人気投票で天・地・人が決まりそのあと作者名が発表されて祝福を受けるということです。

自分の句に挙手はできませんが、読み上げられたときはドキドキしますし、入賞した時は後で名乗るときの反応に胸が高鳴ります。

それに何より楽しいのは出席者同士の会話です。食事のこと、句のことを話しながら、各自の意思で挙手するわけですから忙しい（やかましい）ことこの上なしです。私はそういう雰囲気が大好きです。だから、出席率は悪い方ですが、できる限り出席しています。

次に、柳号について書いておきたいと思います。最初付けるときには戸惑いました。当時、妻はクモ膜下出血で倒れてから、長く闘病生活にありました。私が今日あるのは妻のおかげという思いから妻の名前「登志子」から一字もらって「継志」としました。

妻の七回忌も終えて、「明楽生」にしました。私がいつも講演で主張している「人生百時代残された時を明るく楽しく生き抜く」から取りました。

昨年末に子ども三人に集まってもらい、私のラストプランニングを披露したところ、心よく承諾してくれました。

相合傘の仲間とともに過ごす時間を軸にし残る人生を送れたらと念願しています。

相合傘例会入選句

平成28年4月9日

御堂筋　木曽路　心斎橋店

宿題「自慢」

天　三段腹抱っこの孫の指定席　藤田　恵子
天　自慢の子社会に出たら普通の子　古澤　宏司
地　外科病棟傷の大きさ競いあい　柿木　道子
人　何もないあるのは金とこの美貌　清水　三朗
人　ないやろか自慢話に塗るくすり　田尻　節子
人　「磯じまん」だけで三食ケチ自慢　宮崎　研之
佳作　我が息子三低やけど人気者　蒲田　桂子
佳作　自慢げに講釈長くうどんのび　柿木　道子
佳作　同窓会病気自慢の花が咲く　野田　時子
佳作　何処へでも娘を連れて行く親父　岡本　正
佳作　春祭りお国自慢の花が咲く　田尻　節子
佳作　皆逃げたしゃーない犬に自慢しよ　宮崎　研之
佳作　鑑定後祖父の自慢の壺が消え　福井　眞澄

宿題「忍」

天　人住まぬ路地の奥にて待つ地蔵　西尾　光子
地　忍び過ぎストレスためてうつ病に　蒲田　桂子
人　胸の内じっと聞いてた古畳　原　圭子
佳作　いつ終わる他人の孫のビデオ見る　宮崎　研之
佳作　忍ぶ恋傍から見てりゃただ不倫　祐仙　淳子
佳作　忍び寄る老いに負けじとナンパする　清水　三朗
佳作　忍び寄る老いが鏡に映ってる　宮崎　研之
佳作　懐メロが思い起こさす忍び恋　柿木　道子
佳作　円満は忍の一字と覚《さと》る日々　網本　浩幸
佳作　忍びの者今や表で町興し　重政　紘二郎
佳作　故郷の珍味肴にひとり酒　原　圭子
佳作　古女房忍者のようにしのび寄る　古川　嘉一郎
古川嘉一郎選　聞くふりをして聞き流す親爺ギャグ　岡本　正

席題「十八才」

天　十八を5回りしても迎え来ず　吉川乃利子
地　十八才にきびにニベアヒゲだらけ　大谷　康男
人　思いきり付けてはたいた初化粧　原　圭子
人　十八のころのベルトは今首輪　藤田　恵子
佳作　初選挙十八の票あなどれず　祐仙　淳子
佳作　ウルトラマン年を聞いたら「ジューハッチ」　宮崎　研之
佳作　十八で恋して跳ねてそして泣き　香川　幸子
佳作　青春のカプセル探す枯れ野原　田尻　節子
佳作　堂々とパチンコできるつまらなさ　渡辺たかき
佳作　ヨーイドン云われてママの顔を見る　古澤　宏司
古川嘉一郎選　十八もあってただ今七十四　丸小山光宥

平成28年5月14日

東心斎橋　料亭　湖月

宿題「アニメ」

天　サザエさんあんた一体今いくつ　奥田　啓知

地　コナンより手強い妻の第六感　原　圭子

地　どうせなら春画のアニメ観てみたい　網本　浩幸

人　アニメでは歴史の武将みなイケメン　重政紘二郎

人　時代劇なくなり孫と見るアニメ　福井　眞澄

佳作　絵が動くこころ動いた紙芝居　柿木　道子

佳作　アニメーションの方がどこか色っぽい　新城　彪

佳作　温泉地湯よりアニメに浸る子ら　柿木　道子

佳作　孫となら面白そうにアニメ見る　古澤　宏司

佳作　トトロってメタボ健診引っかかる　宮崎　研之

佳作　ねんねしな昔ばなしで子を育て　吉川乃利子

古川嘉一郎選　笑点とサザエで気分もう月曜　宮崎　研之

旭堂南陵選　アトムより凄い時代がきているぞ　大谷　康男

宿題「ゴキブリ」

天　ゴキブリの一匹でつぶれあのそば屋　福井　眞澄
地　ゴキブリと格闘の母逃げる父　柿木　道子
人　ゴキブリを叩きそこねて歳さとる　丸小山光宥
人　ゴキブリも命がけだよかくれんぼ　柿木　道子
佳作　茶褐色隣のおっさん子沢山　吉川乃利子
佳作　新聞紙丸めてる間に孫が踏み　藤田　恵子
佳作　ドラ息子ゴキブリ夜に動き出す　高野　則子
佳作　殺生はしたくないけどあんた別　網本　浩幸
佳作　ゴキブリとクモに出会える里帰り　福井　眞澄
佳作　ゴキブリが出ると女に戻る妻　宮崎　研之
古川嘉一郎選　来世は生まれ変わるぞクワガタに　古澤　宏司
旭堂南陵選　角ほしいゴキブリ神に願い出る　高野　則子

席題「決める」

天　遠慮なく決着つくまでやれ文春　田尻　節子
地　決めたあと止めて良かった他人の妻　西村　卓朗
人　熟睡中眠けとトイレ決めかねる　西尾　光子
佳作　「やかましい！」ちゃぶ台返す母の乱　渡辺たかき
佳作　この道と決めた筈でも迷う道　古川嘉一郎
佳作　來世は小百合にしよう僕の妻　網本　浩幸
佳作　長い髪切って別れを決めた夜　旭堂　南陵
佳作　マザコンの嫁の決め手は母好み　高野　則子
佳作　決めゼリフ母に尋ねたプロポーズ　古澤　宏司

平成28年5月27日

ニュージャパン　敦煌

宿題「匂い」

天　家々の夕餉教える換気扇　高野　則子
地　わからぬがわかった顔で嗅ぐワイン　宮崎　研之
人　シャンプーの香り二駅《ふたえき》肩を貸す　渡辺たかき
佳作　ハイライト匂う遺品の日記帳　藤田　恵子
佳作　たまさかに土の匂いのする野菜　重政紘二郎
佳作　匂いかぎまだいけるわと俺の膳　柿木　道子
佳作　沈丁花二人の恋を追いかけて　香川　幸子
佳作　匂い嗅ぎ思わず頼むカレーうどん　奥田　啓知
佳作　裏山の葉っぱで包む柏餅　田尻　節子
佳作　あの香俺を惑わし地獄旅　大谷　康男
佳作　匂いだけ残る一人のエレベーター　福井　眞澄
古川嘉一郎選　また吐いた乳の匂いの産着換え　吉川乃利子
旭堂南陵選　エレベーター匂いと臭いブレンドし　古澤　宏司

宿題「てのひら」

古川嘉一郎選
旭堂南陵選

天　生命線どこどこどこと三歳児　大谷　康男
地　掌に命の薬十種類　重政紘二郎
人　白鵬も妻の張り手は喰らうのか　旭堂　南陵
人　恐妻家てのひらにあるワンコイン　古川嘉一郎
佳作　再婚の決め手「短い生命線」　宮崎　研之
佳作　てのひらに「ええか?」と書いてほどく帯　渡辺たかき
佳作　婆ちゃんの生命線をなでる孫　福井　眞澄
佳作　肩に手を置いて赦すというサイン　田尻　節子
佳作　手のひらで支持か否かを感じ取り　新城　彪
佳作　ふりむけば俺も所詮は孫悟空　網本　浩幸
佳作　妻の手のひらに乗ったら家もめず　奥田　啓知
佳作　てのひらを返して頬を引っぱたく　川口　正浩
てのひらが大きくなってくお年玉　吉川乃利子
頬っぺたに手の痕つけて登校し　吉川乃利子

席題「睨む」

古川嘉一郎選
旭堂南陵選

天　目に涙浮かべてにらむ反抗期　旭堂　南陵
地　にらむのに疲れダルマも横になる　丸小山光宥
人　にらんでる父の遺影に詫びている　古川嘉一郎
佳作　触られてないのににらむブス娘　大槻　忠郎
佳作　三箇日《さんがにち》箸をとどめる睨み鯛　奥田　啓知
佳作　にらめっこしようと言ってラブホテル　清水　三朗
佳作　睨んでも恨んでもまだ夫婦です　高野　則子
佳作　にらんでも空気よめない嫁がいる　吉川乃利子
佳作　にらみあい立ち会いあわず息をとめ　新城　彪
佳作　にらまれてにらみ返して仲直り　香川　幸子
佳作　にらんでもわしの笑顔はえべっさん　河野　精佑
睨まれて睨み返してどつかれて　岡本　正
報復の人事いつまでどさ回り　田尻　節子

平成28年6月11日

西心斎橋　懐石　十方

宿題「あびる」

古川嘉一郎選

天　ほめ言葉あびて育った豚を食う　渡辺たかき

地　当選時浴びた喝采いま罵声　宮崎　研之

人　放射能無言で浴びせられている　高野　則子

人　総スカン浴びて父さんひげをそる　柿木　道子

人　浴びるほど飲んで倒れてカメラ飲む　香川　幸子

人　エレベーター重量オーバー視線浴び　西尾　光子

人　罵声あび会見終えて舌を出す　香川　幸子

あびる程呑んだ天罰薬漬け　川口　正浩

宿題「おかわり」

古川嘉一郎選

天　試食してお代わりしたら買わされた　吉川乃利子
地　御代わりと言って自分で飯を盛る　藤田　恵子
地　おかわりの声が飛び交う飲み放題　奥田　啓知
人　焼肉屋子のおかわりに財布みる　柿木　道子
人　食べ放題プライド捨てた皿の数　西尾　光子
佳作　会うたびにお変わりないか聴く老人　古澤　宏司
佳作　代替わり粋な黒塀ブロックに　加藤　節子
佳作　認知症「今日はなんにも食べてない」　田尻　節子
佳作　おかわりがあるかと聞いて食べ始め　高野　則子
佳作　気がつけばおかわりがない我が人生　友田多恵子
佳作　飲み放題あと何杯で元取れる　宮崎　研之
佳作　おかわりをしたくなるのよこの茶碗　福井　眞澄
佳作　妻も子も食べ放題へ放し飼い　渡辺たかき

席題「元気」

古川嘉一郎選

天　つらい時ひとの不幸で元気でる　宮崎　研之
地　生きの良い生簀の鰻目をそらす　渡辺たかき
人　あんなにも元気な友が今日御通夜　柿木　道子
人　元気ですメールの後で脳卒中　古澤　宏司
佳作　定年後女房元気で留守が良い　西尾　光子
佳作　仕事せず夜だけ元気うちのパパ　奥田　啓知
佳作　元気でと言うがその肚早う逝け　大槻　忠郎
佳作　元気ある日々に感謝の晩酌を　高野　則子
佳作　元気だよ相合傘にきてるうち　大谷　康男
佳作　百歳の姑今日もまだ元気　川口　正浩
佳作　目覚ましを止めて叩いてすぐ化粧　藤田　恵子
佳作　元気だが残念ながらカネがない　古川嘉一郎
佳作　後ずさりスポーツジムの高令者　友田多恵子
佳作　元気とは何時も機嫌がええことや　岡本　　正

平成28年7月9日

東心斎橋　料亭　湖月

宿題「ふらふら」

古川嘉一郎選
旭堂南陵選

天　終バスで吊皮二つ握りしめ　藤田　恵子
地　酒飲みのおっさん吸って蚊は飛べず　吉川乃利子
人　ふらふらでもブスをよけていく酔っ払い　古川嘉一郎
佳作　会わないと決めた心のやじろべえ　桶村久美子
佳作　八年も大学行かせまだニート　柿木　道子
佳作　ふらふらと祖父は散歩か徘徊か　福井　眞澄
佳作　心地よい風に尻もち小さな子　加藤　節子
佳作　炎天下父さんどこまで行ったやら　田尻　節子
佳作　飲み過ぎて記憶ないけど家にいる　宮崎　研之
佳作　真夜中に帰宅の妻の千鳥足　香川　幸子
佳作　離脱派も勝つには勝ったがふらふらだ　室井　明
古川嘉一郎選　ふらふらとまだついて行く三軒目　川口　正浩
旭堂南陵選　ほろ酔いでメールを打てば文字逃げる　西尾　光子

宿題「二度浸け」

古川嘉一郎選
旭堂南陵選

天　人生は初め産湯で〆《しめ》湯灌　加藤　節子
地　うす味の亭主二度浸けしてみたい　桶村久美子
人　浮気した亭主お風呂に二度浸ける　高野　則子
佳作　つゆに二度浸けていいかと蕎麦に聞き　福井　眞澄
佳作　禁止ならソースキャベツですくい取る　田中　伸彦
佳作　二度漬けを禁止と言う程旨くない　室井　明
佳作　二度浸けと痴漢と麻薬ダメですよ　古川嘉一郎
佳作　皮肉やね二度浸け禁止人気アゲ　旭堂　南陵
佳作　うちの店ソース差しです存分に　大槻　忠郎
佳作　二度浸けはこうするもんやして見せる　岡本　正
佳作　二度浸けを外国人に咎《とが》められ　奥田　啓知
古川嘉一郎選　なめんなよ見たぞ二度付け串落とし　祐仙　淳子
旭堂南陵選　つけ過ぎで「今年の漢字」読めません　宮崎　研之

席題「落書き」

天　好きな娘に借りたノートへバカと書く　渡辺たかき
地　落書きは昔黒板今ネット　宮崎　研之
人　ツイッター世界を駆ける落書きも　ヨッシー原本
人　する人も見る人もないシャッター街　古澤　宏司
人　落書きに興奮してたあの青春　網本　浩幸
佳作　スプレーの落書き結構アートあり　加藤　節子
佳作　生きる智恵トイレの壁に書いてある　川口　正浩
佳作　落書きも屋根に千年法隆寺　旭堂　南陵
佳作　落書きが高値を付けたオークション　古川嘉一郎
佳作　落書か投票用紙字が読めぬ　奥田　啓知
古川嘉一郎選　くまモンの落書踏めず大まわり　田尻　節子
旭堂南陵選　もと彼は落書めかし別れ告げ　香川　幸子

ニュージャパン　敦煌

平成28年7月22日

宿題「まだか」

天　食事前不粋な友の長電話　柿木　道子
地　飯まだかなんかむかつく定年後　香川　幸子
人　釣り糸を日がな一日魚籠は空　吉川乃利子
人　半額のシールはまだか六時前　古川嘉一郎
佳作　梅雨明けを待てずいらちの蝉が鳴く　宮崎　研之
佳作　大家族朝はまだかの連呼して　岡本　正
佳作　いいかげん見つけてほしいかくれんぼ　渡辺たかき
佳作　長風呂に「生きているか」と声を掛け　川中由美子
佳作　夏休み今日か明日かと孫を待つ　香川　幸子
佳作　トイレ前まだかまだかと戸を叩く　旭堂　南陵
佳作　姑の介護終わる日待つ深夜　網本　浩幸
古川嘉一郎選　お迎えを待つ口癖で薬飲む　古澤　宏司
旭堂南陵選　来る予感左うちわと玉の輿　蒲田　桂子

宿題「夢」

天　桃色の夢からさめるお勘定　渡辺たかき
地　悪夢見て起きても亭主いる悪夢　宮崎　研之
人　若き日の夢が酌する独り酒　重政紘二郎
佳作　夢と欲ごちゃまぜにして諭吉追う　高野　則子
佳作　夢なのに追いかけられてへとへとに　祐仙　淳子
佳作　法善寺夢は夢だと苦い酒　香川　幸子
佳作　炎天下不動も夢にうなされる　丸小山光宥
佳作　妻の夢寝汗びっしょり金縛り　清水　三朗
佳作　孫の夢聞くため入《はい》る回る寿司　福井　眞澄
佳作　胸を張れ夢捨てるなと蝉が鳴く　古川嘉一郎
佳作　マイホーム埋立地だが夢の島　吉川乃利子
佳作　あの一球夢をのがした暑い夏　奥田　啓知
佳作　あの頃は夢は叶うと信じてた　田尻　節子

古川嘉一郎選
旭堂南陵選

席題「待て」

天　コンタクト落とした膝にのぼる孫　藤田　恵子
地　しばし待ていっとき待てば皆忘れ　吉川乃利子
人　正座して父を待ってた昭和の日　川中由美子
佳作　幸福《しあわせ》の尻尾に触れて逃げられる　渡辺たかき
佳作　盲導犬網をぐぐっと赤信号　大槻　忠郎
佳作　大相撲仕切り直しで土がつき　西尾　光子
佳作　ちょっと待て背中がこばむ旅の宿　古川嘉一郎

平成28年8月11日

西心斎橋　懐石　十方

宿題「広げる」

天　中国が勝手に変える世界地図　川中由美子
地　手の幅が広がっていく釣り自慢　宮崎　研之
人　もう女やめてウエストゴムにする　宮崎　研之
佳作　栗ごはん香り広がる母の味　旭堂　南陵
佳作　成長と汗を土産の孫にハグ　大槻　忠郎
佳作　大風呂敷広げてみたら穴だらけ　川口　正浩
佳作　地図広げ母の計画一人旅　香川　幸子
佳作　エルメスの鞄広げて出す百均　原　圭子
佳作　オリンピック夢より予算拡大し　香川　幸子
佳作　週刊誌針の穴からスクープに　西尾　光子
古川嘉一郎選　気つけや喋りボクロのある女　奥田　啓知
旭堂南陵選　ミニスカの向かいの席であれこれと　網本　浩幸
悠浦あやと選　手を広げ孫を迎える盆休み　吉川乃利子

宿題「充電」

天　半時の昼寝で復活夏の子ら　福井　眞澄
地　充電をしたい脳みそ漏電中　川中由美子
人　見舞い来てスマホ充電して帰る　宮崎　研之
佳作　終電車隣りの肩借り充電中　友田多恵子
佳作　母さんが充電切れる夏休み　原　圭子
佳作　スマホより心に欲しい充電器　森島　憲治
佳作　ふるさとで愛浴びるほど充電し　田尻　節子
佳作　定年後資格ばかりを充電し　旭堂　南陵
佳作　食って寝て充電しすぎ動けない　宮崎　研之
古川嘉一郎選　充電と言って女房は動かない　渡辺たかき
旭堂南陵選　越冬地つぎつぎ飛びたつ渡り鳥　吉川乃利子
悠浦あやと選　諭吉くん充電してよ我が家にも　網本　浩幸

席題「なんとなく」

天　なんとなく亡父《ちち》の十八番《おはこ》を口ずさむ　原　圭子
地　松阪牛いわれてみればなんとなく　柿木　道子
人　なんとなく云った言葉で友が去り　福井　眞澄
佳作　久しぶり帰る娘の腹を見る　渡辺たかき
佳作　診察券自動改札入れてみる　宮崎　研之
佳作　何となく別れの匂い遠花火　鈴木千賀子
佳作　どこへ行く思案しながら朝ごはん　室井　明
古川嘉一郎選　なんとなくけった小石がパトカーに　藤田　恵子
旭堂南陵選　生返事したばっかりに逆うらみ　田尻　節子

平成28年9月10日

東心斎橋　料亭　湖月

宿題「お好み焼き」

天　ラップして冷えたお好み倦怠期　吉川乃利子
地　お好み焼きコテが刀の陣地とり　室井　明
人　豚玉と踊るかつおのハーモニー　加藤　節子
佳作　出身を隠しきれないコテさばき　渡辺たかき
佳作　コテのよに伊調は敵を裏返し　川中由美子
佳作　半分こ一銭洋食匂いまで　鈴木千賀子
佳作　お好みでご飯はあかんデブのもと　釜中　明
佳作　詰まるとこお好み焼きはソースやで　岡本　正
佳作　「青のりが歯についてるで」「おまえもな」　宮崎　研之
佳作　お好み焼き頬張りながら口説かれた　川口　正浩
佳作　火傷した舌をビールにすぐ浸ける　藤田　恵子
古川嘉一郎選　お好み焼きエイッと返し恋終える　宮崎　研之
旭堂南陵選　B級はソースと海苔で厚化粧　鈴木千賀子

宿題「おびえる」

天　なにかした？妻が無口の一週間　吉川乃利子
地　高齢者後期のあとは末期しか　網本　浩幸
人　活断層知らずに建てたマイホーム　奥田　啓知
佳作　寝言では妻を「おまえ」と呼ぶらしい　渡辺たかき
佳作　夜の道近づく男父やった　加藤　節子
佳作　恐いモン無しの女房が怖いねん　田尻　節子
佳作　ひょっとしてばれているのかあの浮気　古川嘉一郎
佳作　ブルドック猫パンチには後ずさり　加藤　節子
佳作　強面の隣人が飼うドーベルマン　川中由美子
佳作　訳ありの極安宿で金縛り　吉川乃利子
佳作　熱中症今朝も無事起きほっとする　西尾　光子
古川嘉一郎選　恐妻に来世も一緒と微笑まれ　釜中　明
旭堂南陵選　バイキングばかりの旅で振れる針　藤田　恵子

席題「段差」

天　段差では俺がまだ勝つ掃除ロボ　渡辺たかき

地　子や孫が替わって押し合う車椅子　鈴木千賀子

人　リフォームし元の敷居に気遣いし　大槻　忠郎

人　嫁しゅうと段差だらけの家の中　柿木　道子

佳作　校長を賢く見せる朝礼台　川中由美子

佳作　気ィつけや二人で段差の老夫婦　旭堂　南陵

佳作　体重が段差でわかるきしむ床　原　圭子

佳作　足縮み我が家の段差みなきつい　藤田　恵子

佳作　プレートの段差破壊でノーベル賞　網本　浩幸

佳作　車椅子押して分った故郷《さと》の道　福井　眞澄

佳作　喜寿むかえ畳の縁《へり》でけつまずく　田中　伸彦

古川嘉一郎選　転けぬ日もつまづかぬ日も遠くなり　田尻　節子

旭堂南陵選　ライバルの段差温度差もう限界　加藤　節子

ニュージャパン　敦煌

平成28年9月23日

宿題「元気」

天　小走りにはしごで通うクリニック　原　圭子

地　未亡人予定ぎっしりカレンダー　奥田　啓知

人　遺産分け問われて息を吹き返す　渡辺たかき

佳作　元気過ぎて医者が嫌がるお年寄り　川口　正浩

佳作　「元気だせ」負けた子供と共に泣く　柿木　道子

佳作　若いころ「美人薄命」言われたが　福井　眞澄

佳作　元気でも掛け捨て口惜しがん保険　古澤　宏治

佳作　おはようで母は家族の元気見る　藤田　恵子

佳作　元気そ〜ネ休まず病院通いです　大槻　忠郎

佳作　元気なら良いといっても欲をだす　高野　則子

佳作　婆ちゃんの好物天ぷらトロ鰻　原　圭子

佳作　障害も何ぞの気力凄いパラ　大槻　忠郎

古川嘉一郎選　酔いさめるまでの元気な高笑い　桶村久美子

宿題「苦い」

天　想い出の苦さもともに墓洗う　渡辺たかき

地　苦い酒これもありかとまた手酌　桶村久美子

地　良薬も苦くなくなり舌も老い　柿木　道子

人　カフェオレをブラックにする別れの日　原　圭子

佳作　ほろ苦き過去の幾つか道ずれに　鈴木千賀子

佳作　苦いメシ妻は言い張る気のせいと　宮崎　研之

佳作　会いたいヨ苦みばしったいい男　森島　憲治

佳作　今一度苦言聞きたい父母《ちちはは》の　柿木　道子

佳作　彼の前苦虫噛んだ父がいる　吉川乃利子

佳作　苦虫を噛んだその歯に衣着せ　丸小山光宥

佳作　程々の苦さに耐えて今がある　川口　正浩

佳作　苦い恋幾つかあってセピア色　古川嘉一郎

佳作　値も高くサンマの苦さ染みる秋　重政紘二郎

古川嘉一郎選　荒れていた祖父母続けて逝った頃　田尻　節子

席題「改める」

天　お見舞いの日を改めて通夜となり　古澤　宏司
地　食べ過ぎを改めたいが胃から手が　西尾　光子
人　角番を改め横綱豪栄道　奥田　啓知
人　亭主関白改めてすぐ逝った父　藤田　恵子
佳作　改めて見たらあんたはかわいらし　高野　則子
佳作　改めてみたが変わらぬおんな癖　古川嘉一郎
佳作　ご破算で願いましては我が家計　釜中　明
佳作　小池知事都政改革すべり出す　新城　彪
佳作　改めて父母に感謝の挙式前　重政紘二郎
佳作　運の悪さ名前のせいか一字入れ　蒲田　桂子
佳作　世直しと言ってミナミを飲み歩く　渡辺たかき
古川嘉一郎選　寝込む身に妻のやさしさあらためて　柿木　道子

平成28年10月8日

御堂筋　木曽路　心斎橋店

宿題「相棒」

天　相棒は心ぼそげな影法師　古川嘉一郎
地　相棒は酒が飲めない運転手　藤田　恵子
人　杵と臼息を合わせる年の暮　福井　眞澄
佳作　老いて知る憎っくき嫁がいま相棒　香川　幸子
佳作　相棒がバタバタ逝った次俺か　西村　卓朗
佳作　長く生き残った相棒アイボのみ　西尾　光子
佳作　秘密知る旧友《とも》の遺影と月見酒　鈴木千賀子
佳作　相棒と言われてるけど仲悪い　西村　卓朗
佳作　若僧が相棒と呼ぶ俺さまを　田尻　節子
佳作　相棒が杖に変われどネオン街　桶村久美子
佳作　いつの間に妻というより相棒に　加藤　節子
古川嘉一郎選　法善寺相棒も無く呑み潰れ　丸小山光宥
旭堂南陵選　先に逝く相棒送りニューライフ　清水　三朗

宿題「それがなに」

古川嘉一郎選
旭堂南陵選

天　お隣がベンツ買ったと妻が言う　奥田　啓知
地　浮気ばれそれがなにって風呂へ行く　藤田　恵子
地　定年後俺はいままで偉かった　重政紘二郎
地　タイガース最後に連勝それがなに　旭堂　南陵
人　それがなに啖呵の後で泣く女　藤田　恵子
佳作　入学はトップだったがそれがなに　西村　卓朗
佳作　お客さん今なら金利アップです　友田多恵子
佳作　バブル時にもてた話を今日もまた　福井　眞澄
佳作　金がないそれがなにさと盃かさね　高野　則子
佳作　それがなに妻と娘の合言葉　清水　三朗
佳作　それがなに開き直った妻の勝ち　高野　則子
佳作　生まれつき地グロやけれどそれがなに　吉川乃利子
結婚時綺麗だったがそれがなに　西村　卓朗

席題「ドキドキ」

古川嘉一郎選
旭堂南陵選

天　一周忌終えて出て来た日記帳　藤田　恵子
地　黒電話彼女の家にかけた夜　渡辺たかき
人　あかんたれドキドキさせて手もふれず　古川嘉一郎
佳作　ドクターが画像みている待つ辛さ　加藤　節子
佳作　ドキドキと開けてみれば請求書　岡本　　正
佳作　うっとりと若きドクター脈を採り　鈴木千賀子
佳作　心音を聞いてる医師の顔みつめ　旭堂　南陵
佳作　手が震え目がかすんでも女好き　大谷　康男
佳作　どこどきとハートがひびく聴診器　田中　伸彦
佳作　心拍数器械驚く再検査　川口　正浩
初孫の鼓動聞こえる母子手帳　吉川乃利子
初めてのデート三ツ星レストラン　福井　眞澄

平成28年11月12日

西心斎橋　懐石　十方

宿題「海」

天　大海を知らず生け簀でいばる鯛　柿木　道子
地　妻ならぬ女《ひと》とカニ食う日本海　渡辺たかき
人　海よりも水着の熟女に目が泳ぎ　清水　三朗
人　海鳴りのようなイビキと連れ添って　古川嘉一郎
佳作　海の森ボートも五輪もゆれにゆれ　旭堂　南陵
佳作　母の愛海より深く子は溺れ　柿木　道子
佳作　龍宮城行ってみたいが土産怖い　宮崎　研之
佳作　トランプが七つの海を掻き回す　川中由美子
佳作　海老が無い天井詐欺や金返せ　宮崎　研之
佳作　浅瀬だろ海より深い愛なんて　香川　幸子
佳作　ジンベエよ俺に分けてよその余裕　網本　浩幸
佳作　大海を泳いだせいで布団濡れ　藤田　恵子
古川嘉一郎選　あの時がなかったごとき凪いだ海　高野　則子

宿題「リフレッシュ」

古川嘉一郎選

天　ネイル変え口紅代えて亭主替え　宮崎　研之
地　父ちゃんの単身赴任に義母もつけ　藤田　恵子
人　妻が旅深呼吸する僕と猫　柿木　道子
人　鬱憤を溜めた頭の髪を染め　吉川乃利子
佳作　電通へリフレッシュPR依頼し　新城　　彪
佳作　蟹解禁外湯めぐりの下駄の音　田尻　節子
佳作　海底にストレス捨てたダイビング　網本　浩幸
佳作　用事などないのに母へする電話　渡辺たかき
佳作　間が持てぬ時の仁丹父の癖　川中由美子
佳作　ゴミ袋古着詰め込みリフレッシュ　藤田　恵子
佳作　禁煙中漂う匂いでリフレッシュ　室井　　明
佳作　湯に浸りあくびしながら伸びをする　高野　則子
古川嘉一郎選　ケンカしたルージュ濃くして妻出かけ　香川　幸子

席題「仕舞い」

古川嘉一郎選

天　仕舞い風呂洗い流そう今日のうさ　柿木　道子
地　仕舞いまで付き合いきれぬ円周率　岡本　　正
人　墓じまい仏壇じまい泣く和尚　奥田　啓知
佳作　古稀すぎて仕舞い忘れた恋ひとつ　古川嘉一郎
佳作　長居して「蛍の光」流される　川中由美子
佳作　墓じまい先祖のお骨重たいね　西尾　光子
佳作　仕舞う前ちょっと見せてよ君の過去　網本　浩幸
佳作　しまってたあの思い出が燦々と　大谷　康男
佳作　しまうたび置き場所忘れ亡母《はは》の年　香川　幸子
佳作　やりきった笑顔で誇る父の遺影　渡辺たかき
佳作　多兄姉最後の子供は〆子です　加藤　節子
佳作　人生の仕事仕舞いで妻送り　清水　三朗
佳作　しゃっくりが止まらないので店仕舞い　藤田　恵子
古川嘉一郎選　あの恋は手文庫のまま焼却炉　室井　　明

ニュージャパン　敦煌

平成28年11月25日

宿題「追い風」

古川嘉一郎選

天　追い風があの一言で向かい風　福井　眞澄

地　風に乗り校歌が届く高層階　宮崎　研之

人　亡き母がちょっと後ろで夢を押す　藤田　恵子

人　追い風をうまく掴めと親かもめ　加藤　節子

佳作　大統領暴言までも追い風に　旭堂　南陵

佳作　老《お》い風に逆らう様に恋さがし　高野　則子

佳作　追い風も向い風でも風邪はひく　河野　精佑

佳作　追い風を吹かせる母のほめ言葉　渡辺たかき

佳作　トランプの風はフォローか台風か　釜中　明

佳作　兄ちゃんをスカート広げ風と追う　藤田　恵子

佳作　風を観る眼鏡が違う安倍マリオ　鈴木千賀子

佳作　追い風に乗れずふらふら生きている　網本　浩幸

佳作　追い風と気づく間もなく向かい風　田尻　節子

宿題「鯛」

古川嘉一郎選

天　初節句ちっちゃな鯛と紙兜　加藤　節子

地　鯛だって腐りゃやっぱり生ゴミよ　網本　浩幸

人　鯛料理悲しい酒の時もある　柿木　道子

佳作　鯛めしに南高梅で一人酒　丸小山光宥

佳作　懐に鯛焼かかえ急ぎ足　高野　則子

佳作　あら煮きを父とポチとが取り合いす　野田　時子

佳作　睨まれて鯛のあら煮にする合掌　田尻　節子

佳作　生簀にて己が定めを知らぬ鯛　加藤　節子

佳作　旨そうや生け簀の鯛が目をそらす　奥田　啓知

佳作　鯛よりもイワシが好きと言い寄られ　川口　正浩

佳作　煮て蒸され八ツ裂きにされにらみ鯛　河野　精佑

佳作　お祝いの骨が刺さって医者探し　吉川乃利子

佳作　鯛釣った嘘をつくなとエビ笑い　香川　幸子

席題「友」

天　赤とんぼとまっているよ友の墓　古川嘉一郎
地　竹馬の友今じゃおたがい竹の杖　香川　幸子
人　残酷な鮎の友釣人のエゴ　釜中　明
人　これからは友でいようと言う彼女　奥田　啓知
佳作　友友となつくお前とくされ縁　丸小山光宥
佳作　友達のふりして受けた酒苦し　福井　眞澄
佳作　語り行く逝き友との紅葉道　鈴木千賀子
佳作　友引の通夜に行くなとうせんぼ　藤田　恵子
佳作　友以上恋人以上と云わせたい　加藤　節子
佳作　人生に親友ありて彩が　高野　則子
佳作　定年後ルンバが友に見えてくる　渡辺たかき
佳作　友引の午後から叶う恋もある　新城　彪
　年寄りにロボット友だと押しつける　西尾　光子

古川嘉一郎選

平成28年12月10日

御堂筋 木曽路 心斎橋店

宿題「大晦日」

天 老夫婦年越し蕎麦もこまぎれに　柿木　道子
地 大晦日てきぱき指示する母米寿　宮崎　研之
地 大晦日地獄の釜もそばを茹で　川口　正浩
人 寺町は煩悩よりも鐘多い　西尾　光子
人 ジャンボ買い夢を求める大晦日　平川　幸男
人 除夜の鐘サイレン混ざる消防車　加藤　節子
佳作 賽銭箱特大にして待つ神主　原　圭子
佳作 紅白をすねて見てるか和田あき子　旭堂　南陵
佳作 大晦日せめて手伝えガラス拭き　藤田　恵子
佳作 大晦日これもありかと一人酒　桶村久美子
古川嘉一郎選 除夜の鐘悲喜交交でする蕎麦　高野　則子
旭堂南陵選 居場所なく亭主パチンコ大晦日　奥田　啓知
平川幸男選 年越しは蕎麦よりパスタと孫は皿　福井　眞澄

宿題「器」

天 骨董屋色んな人生みた茶碗　柿木　道子
地 古火鉢メダカ三匹くつろいで　丸小山光宥
地 やんちゃでも弱虫かばったガキ大将　田尻　節子
地 断れずおちょこの裏で受ける酒　高野　則子
人 誉めなはれてっさに透けた柿右衛門　藤田　恵子
人 レトルトを器で見せる手抜き妻　古川嘉一郎
佳作 ほめるのは器だけやなこの料理　旭堂　南陵
佳作 器から料理はみ出す子が帰省　柿木　道子
佳作 料理より器が立派な老舗宿　桶村久美子
佳作 トランプの度量を量る器なし　釜中　明
古川嘉一郎選 父さんを大きく見せた母のうで　西村　卓朗
旭堂南陵選 打楽器が一つ入って手拍子に　福井　眞澄
平川幸男選 大抵は大器になれず老いてゆく　森島　憲治

平成29年1月14日

東心斎橋　料亭　湖月

宿題「戒」

天　亭主逝き抑えきれないえびす顔　宮崎　研之
地　福笹のたわみ具合を比べてる　高野　則子
人　トドばあちゃんわてかて昔福娘　加藤　節子
人　賽銭の山見て神官えびす顔　網本　浩幸
佳作　恵比寿顔で妻が「あなた」と呼ぶ不吉　渡辺たかき
佳作　プロポーズ舞台は屋台宵戎　蒲田　桂子
佳作　化粧より笑顔で競う福娘　宮崎　研之
佳作　片隅にえびす顔いた通夜の席　福井　眞澄
佳作　怒っても垂れ目損するえびす顔　原　圭子
佳作　辛いはずそれでも義母はゑびす顔　西尾　光子
古川嘉一郎選　すき焼きで今夜はみんなえびす顔　高野　則子
旭堂南陵選　戎笹かざした孫を肩車　吉川乃利子

宿題「天の邪鬼」

天　好きな子をわざといじめる天邪鬼　旭堂　南陵
地　天の邪鬼でも時々は好きな人　古川嘉一郎
人　そらそうやそやけどとくる満五歳　田尻　節子
人　ひとり者ひねくれ者で裏長屋　吉川乃利子
人　旨いのにちょっとまずいと言っちゃった　西村　卓朗
人　豊満でヘソも曲がらぬ太鼓腹　原　圭子
佳作　受賞者は天邪鬼かなイグ・ノーベル　福井　眞澄
佳作　世はスマホ俺は一人でガラケー派　室井　明
佳作　意地張って少し淋しい天邪鬼　旭堂　南陵
佳作　譲られた席の前で立っている　重政紘二郎
佳作　初占い西と出たから東行く　柿木　道子
佳作　押し通す夏は熱燗冬冷酒　岡本　正
古川嘉一郎選　天邪鬼今度は裏をかいてやる　高野　則子

席題「働き過ぎ」

天　色褪せた背広と女房に感謝する　室井　明
地　暇すぎても働きすぎてもガタはくる　原　圭子
人　目覚ましで昨日の化粧に紅を足し　藤田　恵子
佳作　主婦業は働き過ぎてもほめられず　古川嘉一郎
佳作　座る間もなく過ぎて行く子育て中　高野　則子
佳作　おふくろは寝姿みせず黄泉《よみ》の国　柿木　道子
佳作　過労死と通夜でささやく平社員　加藤　節子
佳作　子の顔は週に一回だけのパパ　重政紘二郎
佳作　妻のため働き過ぎて妻は逃げ　祐仙　淳子
佳作　つい動く貧乏症が消えぬ性　吉川乃利子
古川嘉一郎選　昼も夜も働き過ぎて子だくさん　岡本　正
旭堂南陵選　残業がなくなりオフィスラブできず　網本　浩幸

ニュージャパン　敦煌

平成29年1月27日

宿題「再編」

天　兄離婚おやの介護を練り直し　吉川乃利子
地　平社員社内改革する酒場　渡辺たかき
佳作　再編をするならまずはあんたから　網本　浩幸
佳作　痩せたけどすぐに脂肪が再編成　西尾　光子
佳作　おっぱいに再編してる脇の肉　吉川乃利子
佳作　番付に和製横綱割り込んだ　釜中　明
佳作　そのたびに企業名が長くなり　新城　彪
佳作　再編の波に乗る人沈む人　福井　眞澄
佳作　ババ引いたアメリカ再編四苦八苦　藤田　恵子
佳作　テレビ界減らせないのかバラエティー　香川　幸子
佳作　故郷で今年も減った連結器　藤田　恵子
佳作　再編が去って安堵の酒を酌む　網本　浩幸
古川嘉一郎選　再編で課長の首が一つ飛び　重政紘二郎

宿題「告白」

古川嘉一郎選

天　父さんは実は会社に行ってない　宮崎　研之
地　告げるにも誰の子なんかわからへん　旭堂　南陵
人　じれったい草食系の手を握る　川口　正浩
佳作　来世では一緒はいやと妻がまた　高野　則子
佳作　告白も出来ず告発された男《ひと》　柿木　道子
佳作　告白をされて寝付きが悪くなり　吉川乃利子
佳作　電車来て必死の告白かき消され　祐仙　淳子
佳作　失敗は控えめに書く告白記　福井　眞澄
佳作　ひとめ惚れあの告白が命取り　古川嘉一郎
佳作　告白をした日はいつも酔いつぶれ　渡辺たかき
佳作　ガキの頃よくチクられた恋敵　釜中　明
佳作　傷口をそっと探りにくる味方　吉川乃利子
佳作　お互いに告白されたと十年後　福井　眞澄

席題「隙」

古川嘉一郎選

天　独り者隙間ないのに肌寒い　香川　幸子
地　隙見せぬ肩を張ってる未亡人　重政紘二郎
佳作　アラフォーの娘《こ》に隙がなくまだ独り　渡辺たかき
佳作　すきま風夫婦十年そよと吹く　祐仙　淳子
佳作　AI《エーアイ》のスキも間合いもない将棋　福井　眞澄
佳作　押しのけて座ったおばちゃん席つめず　西尾　光子
佳作　隙間より歌声ひびく句会です　丸小山光宥
佳作　ありがとう心の隙間埋めた人　古川嘉一郎
佳作　隙間風お前と建てつけ五十年　釜中　明
佳作　隙のある姿で歩き恋拾う　奥田　啓知
佳作　隙間さえおばちゃんの尻こじ開ける　高野　則子
佳作　隙だらけそんな世界を泳いでる　大谷　康男
佳作　隙間から猫のぞいてるハネムーン　吉川乃利子

平成29年2月11日

東心斎橋　料亭　**湖月**

宿題「豆」

天　追い出せぬ鬼と一緒に豆を撒く　吉川乃利子
地　鬼はそと夫の背に向けそっと投げ　網本　浩幸
人　鬼は外心じゃ下にババァつけ　旭堂　南陵
人　レジ前の豆大福が呼んでいる　新城　彪
佳作　豆粒と油断するなよ盗聴器　ヨッシー原本
佳作　豆まきをしても我が家に鬼がいる　西村　卓朗
佳作　夏祭り孫と揃いの豆絞り　釜中　明
佳作　福豆を取れずに痛む足の豆　桶村久美子
佳作　枝豆にビール俺には君が合う　高野　則子
佳作　先立たれ豆まく鬼も今は無し　西村　卓朗
佳作　小包に「豆に暮らせと」母便り　田中　伸彦
佳作　大声でひとり豆まきひとり酒　古川嘉一郎
佳作　海老蔵が見えぬ魔を討つ新勝寺　川中由美子
古川嘉一郎選　介護する母の節分鬼は外　香川　幸子

宿題「駅」

天　あの人を終着駅と決めた夜　古川嘉一郎

地　「先に行く」ドラマがあった伝言板　宮崎　研之

人　ポスターの文字も読めない無人駅　室井　明

佳作　窓開けて駅弁売りを呼んだ旅　高野　則子

佳作　近頃は我家《うち》よりきれい駅トイレ　岡本　正

佳作　終着駅よく会う顔も酔っ払い　旭堂　南陵

佳作　たま駅長猫がつないだ町おこし　桶村久美子

佳作　君連れて降りるふるさと春の駅　田尻　節子

佳作　過疎の駅子らを見送る老母一人　香川　幸子

佳作　駅三つ歩け歩けと万歩計　柿木　道子

佳作　各停のドア開《ひら》くたび足凍る　友田多恵子

佳作　廃線の駅舎に残る恋の跡　田中　伸彦

佳作　終電で終点でっせと起こされて　田尻　節子

佳作　大根が道の駅から乗ってくる　川中由美子

古川嘉一郎選　梅田から乗って目ざめてまた梅田　渡辺たかき

十方

平成29年3月11日

西心斎橋　懐石

宿題「鋭い」

天　黄昏て昔切れ者今痴呆　釜中　明
地　鋭さが影を潜めて父老いる　野田　時子
人　歳のウソ足し算習った孫が突く　祐仙　淳子
人　よく気づく勘が鋭い不幸せ　桶村久美子
人　「鋭い」と鈍いお前に言われても　宮崎　研之
佳作　呆けたよと云って違《たが》えぬ金勘定　原　圭子
佳作　主婦の目が鋭くにらむ原産地　重政紘二郎
佳作　転がせば尖った石も丸くなる　田中　伸彦
佳作　詐欺電話亭主ハイハイ妻疑心　大槻　忠郎
佳作　鋭さもちびてまあるく老夫婦　柿木　道子
佳作　昼あんどん月が昇れば鷹の目に　清水　三朗
佳作　だいじょうぶと言っても母に見破られ　渡辺たかき
佳作　ただいまに無言で返す鋭い目　清水　三朗
古川嘉一郎選　失恋に鋭くささるラブソング　旭堂　南陵

宿題「星」

天　星の数いるのになんでこの亭主　宮崎　研之
地　満天の星に蛍が喧嘩売る　藤田　恵子
人　亡母《はは》の星見つけ謝る親不孝　田中　伸彦
佳作　正直に星の数ほど嘘をつき　清水　三朗
佳作　ミシュランの星付き行く人やめる人　福井　眞澄
佳作　まだ星になっては嫌だと孫が泣き　吉川乃利子
佳作　目指したい星屑になる宇宙葬　桶村久美子
佳作　孫生まれあくび一つでスターの座　香川　幸子
佳作　トランプに揺さぶられてる星条旗　宮崎　研之
佳作　五つ星寿司は五貫でゼロ五つ　柿木　道子
佳作　眼が光る白内障の老母がいう　香川　幸子
佳作　母ちゃんのシチュー三つ星より美味い　野田　時子
佳作　ごっつぁんです千秋楽の八勝目　川口　正浩
古川嘉一郎選　流れ星逢いたい人が一人いる　旭堂　南陵

席題「水」

天　水割りで会わなきゃ良かった今の妻　西村　卓朗
地　若くなる言われて買った高い水　柿木　道子
人　水を買う明治のじいちゃん腰抜かす　原　圭子
佳作　水鉄砲犬追い払い孫笑顔　室井　明
佳作　胸に触れご免やなんて水くさい　網本　浩幸
佳作　過ちを水に流して今生きる　田中　伸彦
佳作　災害にあって知らされ水の恩　大谷　康男
佳作　漏れる水口つけ飲んだ震災時　香川　幸子
佳作　年ごとに体ひからび水不足　西尾　光子
佳作　口移し無理に呑まされ気持悪る　加藤　節子
佳作　水くさい全部あんたがおごってよ　宮崎　研之
佳作　混浴のお湯に溶けてくわだかまり　桶村久美子
佳作　何でやろ水を飲んでも太ってる　川口　正浩
古川嘉一郎選　願多く風邪をひいてるお不動さん　奥田　啓知

平成29年3月24日

ニュージャパン　敦煌

宿題「訳」

天　また一つ長く生きたい訳が出来　柿木　道子

地　やっちまえ訳は後から考える　網本　浩幸

人　言い訳にため息まぜるテクニック　重政紘二郎

人　好きなわけ聞かず続いた老夫婦　吉川乃利子

人　「ワケあり」と書いたら売れた売れ残り　福井　眞澄

佳作　わけがあり夫の知らぬ墓参り　渡辺たかき

佳作　訳ありを秘めて潜める枯れるまで　大槻　忠郎

佳作　訳もなくただただあなた好きなだけ　高野　則子

佳作　別れ時訳などいらんただ嫌い　釜中　明

佳作　安旅館訳ありかもと夜寝れず　石津　圭広

佳作　言いわけを考えながら今日も飲む　福井　眞澄

佳作　訳知りに首突っ込んでもめさせる　香川　幸子

古川嘉一郎選　ワケありのあんたに惚れてまた修羅場　網本　浩幸

古川嘉一郎選　言い訳が通じるような妻やない　旭堂　南陵

宿題「的」

古川嘉一郎選

天 口下手も悪口だけは的を射る 石津 圭広
地 的外し二番手になる生きやすさ 網本 浩幸
人 的ずれた会話やりとり老い二人 福井 眞澄
人 飲み会の夫の財布にお金足す 香川 幸子
人 的はずれおやじのギャグに子らが散り 香川 幸子
佳作 的ずれた亡母《はは》の小言が今わかる 柿木 道子
佳作 的を得た答弁すれば首が飛ぶ 岡本 正
佳作 乱暴ねわたし的には好きだけど 網本 浩幸
佳作 ほめられていると思えぬ個性的 旭堂 南陵
佳作 じゃじゃ馬も乗りこなしたらストライク 釜中 明
佳作 御曹司肉食女子の的にされ 渡辺たかき
佳作 本当の的はカジノか万博は 福井 眞澄
佳作 その景品射的やらなきゃ二個買えた 宮崎 研之

席題「遠慮」

古川嘉一郎選

天 気持ちだけいたゞく布施という邪心 渡辺たかき
地 酔ったふり遠慮しがちに引くルージュ 古川嘉一郎
人 年いけど遠慮も知らず一人っ子 福井 眞澄
佳作 その通り遠慮は損慮よう云うた 釜中 明
佳作 天もらい遠慮が先立ちもう詠めず 網本 浩幸
佳作 一切れの遠慮が残る中華皿 重政紘二郎
佳作 遠慮して出世のがしていま卒寿 新城 彪
佳作 真夜中に帰宅するなよ居そうろう 柿木 道子
佳作 人生に遠慮は無用俺を見よ 岡本 正
佳作 もう少し一人暮らしを赦してね 田尻 節子
佳作 政治家の辞書に遠慮の文字が欠け 西尾 光子
佳作 ウエディング子連れ花嫁ゴメンなさい 香川 幸子
佳作 美徳だと遠慮したのに損をした 高野 則子

お好み焼き　千房　千日前本店

宿題「忖度」

天　上司より上手く歌わぬ「マイウェイ」　渡辺たかき
地　忖度て書けない読めないわかんない　蒲田　桂子
人　忖度が蠢く春の天下り　柿木　道子
人　忖度にいつもくっつく茶封筒　川口　正浩
佳作　共に泣く気丈な母の初おむつ　藤田　恵子
佳作　八十路にて忖度という熟語知り　加藤　節子
佳作　太鼓持ち旦那の気持ち推し量る　田中　伸彦
佳作　口出さず目力強くなる議員　鈴木千賀子
佳作　石原も記憶忖度される老い　重政紘二郎
佳作　嫁いだ娘笑顔の裏を母の眼が　香川　幸子
佳作　在りし日の父の想いを忖度し　太田　晃正
佳作　忖度も知らぬこんにゃく縄のれん　柿木　道子
古川嘉一郎選　「うまくやれ」意味は「責任おまえ取れ」　宮崎　研之

宿題「楽」

天　苦楽とは俺が苦しく妻が楽　旭堂　南陵
地　化粧せずジャージで過ごす三連休　宮崎　研之
人　楽そうに見せて暮らすの楽じゃない　柿木　道子
佳作　ホームレスここまで落ちて楽を知り　加藤　節子
佳作　楽隠居アラいつの間に恍惚に　田尻　節子
佳作　楽しても楽しくないなら苦労買う　桶村久美子
佳作　金あれば楽になるかと思ったが　高野　則子
佳作　「楽にしてやろうか」妻に凄まれる　宮崎　研之
佳作　気楽さが何にも勝る独り者　高野　則子
佳作　肩書の取れた親父の定年後　香川　幸子
佳作　千秋楽大逆転の稀勢に酔う　鈴木千賀子
古川嘉一郎選　楽は悪そんな時代に生きた亡母《はは》　網本　浩幸

席題「骨」

天　骨拾う言うたお前の骨拾う　丸小山光宥
地　豚骨が好きで自分が豚になる　宮崎　研之
地　義母の骨壺にバキバキ入れる嫁　吉川乃利子
人　骨つぼは別のお墓に予約済み　釜中　明
人　クシャミして尿はもれるは骨も折る　加藤　節子
佳作　骨密度減るのに体重倍増し　桶村久美子
佳作　病院で大腿骨を骨折し　川口　正浩
佳作　母の愛骨身にしみた今頃に　野田　時子
佳作　この投句骨折り損と諦める　田中　伸彦
佳作　出しゃばらず骨のあるやつ時をまつ　新城　彪
佳作　デブなのに骨が太いと言い訳し　西尾　光子
佳作　骨抜きにさせる美貌と若さあり　高野　則子
古川嘉一郎選　骨抜きにされて宿なし遊び人　西村　卓朗

平成29年5月13日

西心斎橋　懐石　十方

宿題「本音」

天　卓袱台《ちゃぶだい》を返したいのはたぶん母　渡辺たかき
地　売りたいが売らない素振り骨董屋　福井　眞澄
人　孫はもう本音建前使い分け　古川嘉一郎
佳作　義母が逝き布施にうっかりお祝と　柿木　道子
佳作　おたがいに本音だという嘘を言い　福井　眞澄
佳作　友の背にゴメンと言えた夜の酒　香川　幸子
佳作　補聴器が欲しいが今はイヤリング　吉川乃利子
佳作　失言に本音が透ける永田町　太田　晃正
佳作　やんわりと本音を包む術を知り　釜中　明
佳作　宵の湯に想い沈めて生きた母　鈴木千賀子
佳作　冗談の中に本音をそっといれ　旭堂　南陵
佳作　美人ではないがあんたにゃ勝っている　宮崎　研之
佳作　まずまずの人生打率二割五分　田尻　節子

古川嘉一郎選
旭堂南陵選

宿題「未来」

天　未来より妻の機嫌が気にかかる　宮崎　研之
地　いっぱいの希望背負《しょ》ってるランドセル　原　圭子
人　人類に未来あるかと猿に訊《き》く　網本　浩幸
佳作　未来など考えてたら酒不味い　丸小山光宥
佳作　絵馬奉納一等席にそっと掛け　室井　明
佳作　そうだった今日はあの日の未来なり　釜中　明
佳作　百歳の婆ちゃん語る夢未来　重政紘二郎
佳作　年寄りに未来説いてるお坊さん　奥田　啓知
佳作　この歳じゃ！未来ないけど医者にゃ行く　大槻　忠郎
佳作　心臓か頭か膝か弱る順　吉川乃利子
佳作　老人会未来思考は墓談義　大槻　忠郎
佳作　そのうちにまたそのうちにそのうちに　友田多恵子
佳作　生き恥を晒しお迎え待ってます　吉川乃利子

古川嘉一郎選
旭堂南陵選

席題「列」

天　もうダメかトイレの前の人の列　奥田　啓知
地　このレジと並んだ列が進まない　古川嘉一郎
人　ちっちゃな傘きのこ一列通園路　原　圭子
佳作　行列に並び期待を裏切られ　高野　則子
佳作　夢破れ夜行列車で帰る里　渡辺たかき
佳作　開通し三陸鉄道列車旅　吉川乃利子
佳作　北朝鮮隊列だけは完璧だ　新城　彪
佳作　この列はなんの列かと列に付く　岡本　正
古川嘉一郎選　美味いよとつぶやきゃすぐに列が出来　重政紘二郎
旭堂南陵選　小大名槍の行列質流れ　室井　明

平成29年5月26日

ニュージャパン　敦煌

宿題「大粒」

天　大粒の汗は流さぬ三代目　古川嘉一郎
地　大小と粒もいろいろ薬のむ　柿木　道子
人　いい嫁と云われたばかり玉の汗　原　圭子
人　ドラマほど涙が出ずに母の通夜　福井　眞澄
佳作　浮気した夫の罰は二カラット　渡辺たかき
佳作　大粒の隙間で息する都市暮らし　石津　基広
佳作　粒よりの球児が競う甲子園　柿木　道子
佳作　大粒の涙ぷくっと生まれる日　高野　則子
佳作　カバさんの涙で逃げるアメンボー　藤田　恵子
佳作　こむすめの大粒なみだ効果大　杉村　春美
佳作　大粒で流したいのに涙涸れ　岡本　正
古川嘉一郎選　重い尻愚痴も大粒古女房　田尻　節子

宿題「ワイルド」

古川嘉一郎選

天　肩車チビがカツラを鷲掴み　原　圭子
地　ワイルドな体に軽い頭乗せ　吉川乃利子
人　がさつさをワイルドだねと皮肉込め　高野　則子
佳作　穴あいたジーパンはいて主賓席　宮崎　研之
佳作　ワイルドもええけど入れて生活費　網本　浩幸
佳作　手で千切りどしどし放る独り鍋　渡辺たかき
佳作　ワイルドな国が紙面を埋める日々　丸小山光宥
佳作　ワイルドの意味がわからず孫に聞く　西村　卓朗
佳作　目の前で豚の丸焼きちとエグい　川口　正浩
佳作　ワイルドに燃えたベットが懐かしい　旭堂　南陵
佳作　力士乗せ軽々走る車夫九十　西尾　光子
佳作　ワイルドになりたいけれど嫁恐い　大谷　康男
佳作　ワイルドにいこうよ勘定頼んだぜ　網本　浩幸

席題「暑い」

古川嘉一郎選

天　熱闘の若き球児の眼に涙　大谷　康男
地　汗かいて化粧がとれてあんただれ　杉村　春美
人　独り者暑い部屋でも肌寒く　香川　幸子
佳作　四季不順三寒四温なく夏日　西尾　光子
佳作　かば焼きも国産だった暑気払い　柿木　道子
佳作　四季消えて暑い寒いで明け暮れる　田尻　節子
佳作　暑いなあ言うた言葉が夏を呼ぶ　丸小山光宥
佳作　寒さすぎ熱さ分らず熱中症　河野　精佑
佳作　この猛暑吹き出る汗が川となる　網本　浩幸
佳作　暑ッいな！お前の尻で汗が出る　大槻　忠郎

平成29年6月10日

御堂筋 **木曽路** 心斎橋店

宿題「わざわざ」

天　お綺麗ね「お年の割に」付け加え　宮崎　研之

地　メール後に「もう読んだか」と電話する　宮崎　研之

人　大学は出たけど応募高卒で　西村　卓朗

佳作　請求書わざわざ持ってママが来る　丸小山光宥

佳作　季節ごと孫にと里の野菜来る　福井　眞澄

佳作　豊かな胸重くて少し小ちゃくし　蒲田　桂子

佳作　彼の家見える電停回り道　鈴木千賀子

佳作　父の日になぜか×付くカレンダー　渡辺たかき

佳作　返礼品調べふるさと変えてみる　柿木　道子

佳作　ハワイ行き中国製の土産買う　石津　基広

佳作　わざわざと個人差ありの但し書き　高野　則子

佳作　初恋は遠回りして送った娘　柿木　道子

古川嘉一郎選　携帯をわざわざ風呂になぜ夫　杉村　春美

宿題「民泊」

古川嘉一郎選

天　民泊に「休憩」あるか訊いてみる　網本　浩幸

地　ごみ出しで民泊バレて大目玉　田尻　節子

地　恥とゴミ捨て放題の宿もどき　西尾　光子

地　俺の部屋オネエチャンならウエルカム　釜中　明

地　民泊代亭主未払い三十年　宮崎　研之

地　放り出した亭主のお部屋民泊に　蒲田　桂子

地　民泊で朝のコンビニ乗っ取られ　森島　憲治

地　君んちに民泊させてと口説いてる　古川嘉一郎

人　古民家がジャパンライフと喜ばれ　柿木　道子

人　客が来た夜は寝袋持って出る　藤田　恵子

佳作　いつの間に向こう三軒民泊に　岡本　正

佳作　お風呂なくスーパー銭湯送迎車　吉川乃利子

　多言語に路地の紫陽花色変えて　鈴木千賀子

席題「技」

古川嘉一郎選

天　視聴率ぐっとあげてる宇良の技　古川嘉一郎

地　一節で孫をコテンと寝かす技　藤田　恵子

人　藤井棋士技を競いつ技磨く　加藤　節子

佳作　ひとつまみその塩梅が母の技　宮崎　研之

佳作　技もなく二世がでかい顔をする　高野　則子

佳作　AIが技の世界をくつがえす　大谷　康男

佳作　生きるのも上手下手との技があり　柿木　道子

佳作　ボクシング技はさえたが審判に　西村　卓朗

佳作　人生にうまく生き抜く技はない　杉村　春美

佳作　技がある心もあるとうぬぼれる　川口　正浩

佳作　技よりも愛だと知った五十年　釜中　明

佳作　店繁昌嫌いと好きとママの技　吉川乃利子

　目を開けて寝る技使う国会中　石津　基広

平成29年7月8日

宿題「杖」　西心斎橋 懐石 十方

天　お互いに杖のつもりが共倒れ　川口 正浩
地　夕暮れの六本足の夫婦連れ　網本 浩幸
地　病む友へ心の杖に書く手紙　柿木 道子
地　肩で風切ってた男《やつ》も老いの杖　旭堂 南陵
人　孫娘ホホ杖ついてジイジ何？？　釜中 明
人　杖つくのいやだが孫のプレゼント　福井 眞澄
人　母の背を見て花柄の杖を買う　新城 彪
佳作　杖二本茶店の隅でハグしてる　柿木 道子
佳作　これ素敵「とってもステッキ」伸び縮み　成子 和弘
佳作　杖立てて倒れた方が生きる道　重政紘二郎
佳作　居酒屋にどう帰れたの忘れ杖　旭堂 南陵
古川嘉一郎選　頬杖をついて車窓と旅に出る　丸小山光宥
旭堂南陵選　敬老会パッと花出る仕込み杖　吉川乃利子

宿題「お灸」

天　お仕置きは食事抜きよりスマホ抜き　福井　眞澄
地　お灸とは外科か内科か訊く娘　柿木　道子
地　モテモテの男惚れさせ捨ててやる　宮崎　研之
人　寝小便罰はお灸と布団干し　丸小山光宥
佳作　かけともり灸すえられた自民党　西村　卓朗
佳作　へらぬ愚痴お灸据えたや妻の口　高野　則子
佳作　こけたらええ歩きスマホをしてるやつ　宮崎　研之
佳作　昔の子やいとに巡査怖かった　加藤　節子
佳作　人生は飲んで騒いでお灸すえ　石津　基広
佳作　愛用の艾《もぐさ》も入れる棺の中　吉川乃利子
佳作　「このハゲー」に無関係都議お灸され　新城　彪
古川嘉一郎選　お灸など効く筈もなく北の国　網本　浩幸
旭堂南陵選　冷え症でお灸する娘のヘソピアス　柿木　道子

席題「なじむ」

天　なじんだらなじんだ程の請求書　川口　正浩
地　まあまあねだんだんなじむ震度3　石津　基広
人　新会員なじむようにと気をくばり　旭堂　南陵
佳作　議員バッジ馴染んだ頃に浮気バレ　室井　明
佳作　若いので相合傘になじめません　成子　和弘
佳作　初めての相合傘になじんでる　岡田多恵子
佳作　ペチャパイも新型ブラになじみだし　重政紘二郎
佳作　気がつけば便座に座って小をする　西尾　光子
佳作　なじめない仮説暮らしの六年目　古川嘉一郎
佳作　なじみとか一見とかで金取るな　丸小山光宥
佳作　人恋しなじみの店に足が向く　祐仙　淳子
佳作　恋をしたアジサイ色で鳴くカエル　藤田　恵子
古川嘉一郎選　線量が馴染んだ街を遠ざける　鈴木千賀子
旭堂南陵選　なじまないあなたの里が墓地になり　新城　彪

平成29年7月21日

難波　懐石　はし清

宿題「編む」

天　幼な子に戻った母の髪を編む　柿木　道子
地　電車中昔編み物今化粧　杉村　春美
人　二年越し編みあがる頃背が伸びて　高野　則子
人　あの人に編んだマフラーおやじ巻く　加藤　節子
佳作　手編みには母の残り香ほどけない　吉川乃利子
佳作　編み上げた児の手袋は右と右　岡本　正
佳作　娘が手編み見て見ぬふりも気がもめる　香川　幸子
佳作　蝉しぐれ短い命編むごとく　香川　幸子
佳作　三つ編みの乙女らしい娘《こ》とんと見ず　大槻　忠郎
佳作　つきあいもゆるいのが楽ほどく時　福井　眞澄
佳作　贈る人編み終えた時変わってる　宮崎　研之
佳作　義母に編むセーターきちっと畳み逝き　大槻　忠郎

古川嘉一郎選

宿題「約束」

天　家一軒建てる約束犬小屋かい　吉川乃利子
地　遺言がコロコロ変わる生きる欲　柿木　道子
人　待ち合わせ会えずに待った嗚呼《ああ》昭和　原　圭子
人　お不動さん聴いた約束苔の数　柿木　道子
佳作　約束の桜をひとり肩に受け　高野　則子
佳作　守れない約束はせぬ心意気　川口　正浩
佳作　酒好きで気のいい父の空手形　吉川乃利子
佳作　門限を破り激怒の父恋し　杉村　春美
佳作　教会で無理な約束誓わされ　石津　基広
佳作　約束はしたけどしんどい向い風　藤田　恵子
佳作　演歌では守らぬ男に哭く女　香川　幸子
佳作　指切りをした不動前今一人　福井　眞澄
佳作　またかいな不可逆的を反故にされ　釜中　明

古川嘉一郎選

席題「よける」

古川嘉一郎選
旭堂南陵選

天　嫁はんの雷《かみなり》孫がひらい針　旭堂　南陵
地　話好き目をあわすまい人ゴミで　加藤　節子
地　きっちりとブスはよけてる酔っ払い　古川嘉一郎
人　宝くじ私の番号よけていく　高野　則子
佳作　期限切れ犬に混ぜれば器蹴り　西尾　光子
佳作　よけてよけそれでもぶつかる人がいる　大谷　康男
佳作　金《かね》女俺だけ避けて過ぎていく　清水　三朗
佳作　厄年がよけたよけたと神もよけ　新城　彪
佳作　遠まわりした店にまた上司いて　福井　眞澄
佳作　悪人と美女がよけてるお天道　石津　基広
古川嘉一郎選　スマホ馬鹿見て除《よ》けたのにぶち当たる　大槻　忠郎
旭堂南陵選　反抗期父をよけてたことを悔い　吉川乃利子

平成29年8月11日

御堂筋　**木曽路**　心斎橋店

宿題「ファースト」

古川嘉一郎選
旭堂南陵選

天　亭主からまず食べさせる期限切れ　宮崎　研之
地　酒が減り初めて父の吐く弱音　渡辺たかき
人　成績はワーストだった今社長　西村　卓朗
佳作　なぜあいつファーストクラスに座ってる　成子　和弘
佳作　焼香順もめて相続気が重い　宮崎　研之
佳作　わたくしは女房ファースト支持します　高野　則子
佳作　末っ子の娘がまっ先嫁に行き　旭堂　南陵
佳作　愛も失せあなたファースト過去完了　柿木　道子
佳作　民よりも官ファーストかこの国は　福井　眞澄
古川嘉一郎選　みながみな俺ファーストではあかんやろ　大谷　康男
旭堂南陵選　ファーストキス紅の想いもセピア色　香川　幸子

宿題「そもそも」

天　長電話そもそも用って何やったん　杉村　春美
地　そもそもで始めた父の長説教　柿木　道子
人　そもそもは出がけの妻の一言が　福井　眞澄
佳作　ハグをしてそもそもこの人誰やった　香川　幸子
佳作　なんでやねんこんな輩を税金で　田尻　節子
佳作　そもそもで会議がまたもふりだしに　旭堂　南陵
佳作　なれ初めを興味ありげに聞くつらさ　宮崎　研之
佳作　このお題そもそも何も浮かばない　成子　和弘
佳作　父似だとそもそもそれが嫌なのよ　香川　幸子
佳作　そもそもは君はわたしが産んだげた　高野　則子
佳作　そもそもと一言居士がしゃしゃり出る　川口　正浩
古川嘉一郎選　年金問題そもそも寿命長すぎる　重政紘二郎
旭堂南陵選　クマ注意看板よりも山返せ　西尾　光子

席題「高い」

天　高くつく浮気ギャンブル保証人　成子　和弘

地　鼻高い妻の夫は背が低い　奥田　啓知

人　寝化粧もせずに新婦の高いびき　古川嘉一郎

人　肩ぐるました子に今はおんぶされ　柿木　道子

人　血圧の話で終り老人会　福井　眞澄

佳作　気位いが高いだけです金はない　久高　将道

佳作　高い靴ぬげばズボンが畳拭く　藤田　恵子

佳作　同じでも新地の酒は高いだけ　田中　伸彦

佳作　「ただ」という言葉につられ高くつく　祐仙　淳子

佳作　ひさびさにヒールはいたらこけまくり　杉村　春美

佳作　君のため無理した指輪ゼロ八つ　重政紘二郎

古川嘉一郎選　ご祝儀の支持率とどめの不支持率　田尻　節子

旭堂南陵選　ブランドがまぶしかった神田川　新城　彪

平成29年9月9日

西心斎橋 懐石 十方

宿題「とんぼ」

古川嘉一郎選

天 追っかける昔トンボで今ポケモン 福井 眞澄
地 打てないよゴルフボールに赤とんぼ 宮崎 研之
人 アキアカネ〝トラ〟頑張れと外野飛ぶ 田中 伸彦
佳作 トンボ捕りむきになるのは親のほう 渡辺たかき
佳作 ミサイルにどこ吹く風と赤とんぼ 原 圭子
佳作 親は亡くとんぼ帰りの墓参り 祐仙 淳子
佳作 傷心の肩にきょろきょろ赤トンボ 網本 浩幸
佳作 トンボまね空中交尾してみたい 成子 和弘
佳作 議事堂を尻切れとんぼ飛び盛る 岡本 正
佳作 赤とんぼいいなお前は軽ろやかで 古川嘉一郎
佳作 自分探し極楽とんぼわが息子 香川 幸子

旭堂南陵選

母の乗る介護の車追うトンボ 鈴木千賀子
翅を背で合わせくつろぐ糸トンボ 加藤 節子

宿題「鏡」

古川嘉一郎選

天 鏡見て笑顔をつくり病室へ 宮崎 研之
地 国民を映す鏡が曇っている 新城 彪
人 見えるまで母が手を振るバックミラー 渡辺たかき
佳作 亡き母と合わせ鏡の老いを見る 桶村久美子
佳作 似合ってる?鏡に聞くな試着室 香川 幸子
佳作 鏡無きゃ化粧しなくて済むのにな 宮崎 研之
佳作 目の手術シワとタルミが見えすぎる 川口 正浩
佳作 悪役に化ける隈取鏡台前《くまどりけしょうまえ》 旭堂 南陵
佳作 鏡拭き汚れよく見りゃ顔のシミ 石津 圭広
佳作 コンパクト何度見たってブスはブス 旭堂 南陵
佳作 鏡見る時は気取ってモナリザに 加藤 節子

旭堂南陵選

このシミは鏡の汚れと言い聞かせ 網本 浩幸
定年後話す相手は鏡だけ 田中 伸彦

席題「頼る」

天　頼りきりついて行ったら道迷い　祐仙　淳子
地　知らぬ間に育った息子に頼ってる　大山　崇子
人　終電車美人に肩を今日は吉　原　圭子
人　吊革に頼ってる人に頼る女《ひと》　石津　圭広
佳作　見るからに頼りないけど好きやねん　古川嘉一郎
佳作　年金に頼り墓なく生きてゆく　田中　伸彦
佳作　日が暮れて帰りの道はポチ頼み　野田　時子
佳作　老いてゆく子から孫からペットへと　吉川乃利子
佳作　太ってる浪速のおばちゃん頼りです　西村　卓朗
佳作　金も無い運も無いから神頼み　成子　和弘
古川嘉一郎選　胸おどる頼れる彼は孫の年　友田多恵子
旭堂南陵選　頼りない不倫男がなぜもてる　桶村久美子

平成29年9月22日

ニュージャパン　敦煌

宿題「ひねる」

天　ルンバでも越せる段差で足捻る　吉川乃利子
地　おひねりは女将がすべて吸い上げる　西村　卓朗
人　足の爪体ひねってやっと切り　西尾　光子
佳作　下手な句を捻っていたらお題飛び　大槻　忠郎
佳作　素直な句ひねった句よ手が挙がり　旭堂　南陵
佳作　妻の方向けばゴギッと首が泣く　藤田　恵子
佳作　この水栓何処ひねるのか首ひねる　柿木　道子
佳作　風呂あがりモンロー真似て腰にきた　網本　浩幸
佳作　ひねりだすそれが日本の底力　大谷　康男
佳作　ひねってる社長の訓話が届かない　福井　眞澄
古川嘉一郎選　ひねた子が少子化嘆くおままごと　渡辺たかき
旭堂南陵選　お焼香膝をひねってやっと立て　奥田　啓知

宿題「庇う」

古川嘉一郎選
旭堂南陵選

天　俄か雨子らが地蔵に傘をさす　西尾　光子
地　車道側そっと代わってくれる彼　高野　則子
地　妻庇い後で母には機嫌とり　宮崎　研之
人　父さんは出世しないがゴミは出す　清水　三朗
佳作　籠池の庇い庇われ夫婦愛　旭堂　南陵
佳作　膝かばい腰を痛めて老いを知る　渡辺たかき
佳作　お腹の子庇い入場ウェディング　香川　幸子
佳作　部下庇い感謝もされず左遷され　藤田　恵子
佳作　庇ってた友が誤解の種を撒く　柿木　道子
佳作　賢い子庇ってくれる膝さがす　吉川乃利子
佳作　糟糠の妻と言っとく恐妻家　福井　眞澄
古川嘉一郎選　じいちゃんもおむつをしてると孫に見せ　重政紘二郎
旭堂南陵選　部下のミスわが身のために庇いたい

席題「あやふや」

古川嘉一郎選
旭堂南陵選

天　あやふやな記憶をたどり田舎道　高野　則子
地　問題はあやふやにして時を待つ　重政紘二郎
人　あやふやな返事で夫婦円満に　杉村　春美
佳作　妻だった様な気がする初キッス　藤田　恵子
佳作　性別をあやふやにして人気とる　西尾　光子
佳作　嫁とるか貴女をとるか母とるか　河野　精佑
佳作　あやふやな大義も何もない選挙　大谷　康男
佳作　あやふやなとこも好きなのあの人の　古川嘉一郎
佳作　一線をこえたこえぬかあやふやに　旭堂　南陵
佳作　あれからは憶えてないと朝帰り　福井　眞澄
佳作　恍惚のあとはおぼろ～ブルースよ　吉川乃利子
古川嘉一郎選　あやふやな生き方したが老いてよし　大槻　忠郎
旭堂南陵選　俺の子かたぶんおそらくそうやろか　網本　浩幸

平成29年10月14日

十方

西心斎橋 懐石

宿題「折る」

天　折り込のチラシが決めるうちの膳　柿木 道子
地　折り鶴をおすそ分けして今日退院　柿木 道子
人　折り目あるズボン穿かせる妻の意気　高野 則子
佳作　寝返りであっさり折れたあばら骨　岡本 正
佳作　もうあかん指折り数え月給日　奥田 啓知
佳作　ひと言が折れた心に虹かける　原 圭子
佳作　折々の母の言葉が宝物　香川 幸子
佳作　折れるほど手を振り母はふるさとへ　田尻 節子
佳作　路地裏は折れて折れれば元の場所　西尾 光子
佳作　ここは折れ俺の我慢でまだ夫婦　網本 浩幸
佳作　提案も折込積みとバカにされ　釜中 明
佳作　菊の花そっと手折って簪《かんざし》に　田中 伸彦

古川嘉一郎選

宿題「月」

天　幼子がたらいに映る月ゆらす　加藤 節子
地　一線を越えたと月は知っている　渡辺たかき
人　月一度生きてますよと医者通い　原 圭子
人　月明かり鍵穴探す独り者　重政紘二郎
佳作　ヘルパーを月極家族と母は呼び　川中由美子
佳作　月明かりどこまで歩く影ふたつ　平川 好子
佳作　水たまりやけのやんぱち月壊す　網本 浩幸
佳作　自分では光れぬ月に親近感　宮崎 研之
佳作　満月の傍ではにかむうろこ雲　藤田 恵子
佳作　極上の笑顔ふりまく月参り　奥田 啓知
佳作　月並みな口説き文句で逃げた恋　古川嘉一郎
佳作　トランプにもロケットマンにも同じ月　田尻 節子
佳作　今月も居間の暦に印なく　福井 眞澄
佳作　フルムーン過ぎて我が家はいい下弦　柿木 道子

古川嘉一郎選

席題「酒」

古川嘉一郎選

天　酒断たせ逝った夫に酒供え　網本　浩幸

地　酒の味だけ覚えてる痴呆症　古川嘉一郎

人　納骨の墓に浴びせるカップ酒　吉川乃利子

佳作　酔ったふりしな垂れかかり置いてかれ　西尾　光子

佳作　口べたがお酒で彼女口説いてる　西村　卓朗

佳作　秋空に心迷わすにごり酒　田中　伸彦

佳作　月見酒眺める君も頬を染め　太田　晃正

佳作　酒の味初めて知った父の通夜　奥田　啓知

佳作　下戸の俺酒の瓶見て酔っぱらう　祐仙　淳子

佳作　晩酌で今日の自分をねぎらって　高野　則子

佳作　歳重ね呑み打つ買うの父偲び　加藤　節子

佳作　コーラで酔い潰れるおままごと　藤田　恵子

いわい酒そのうちぐちでぼやき酒　岡田多恵子

平成29年11月11日

御堂筋 木曽路 心斎橋店

宿題「おかわり」

天　「もう一杯」始まる父の武勇伝　渡辺たかき
地　おかわりは母の笑顔を見たいため　旭堂　南陵
人　六甲おろしおかわりしたい鋭ちゃん節　釜中　明
人　腹が立つお代わりしても細い女《ひと》　吉川乃利子
人　そりゃ太る妻はジョッキで六杯目　藤田　恵子
佳作　悪口は最高のアテもう一杯　宮崎　研之
佳作　孫たちが競いおかわり母の里　柿木　道子
佳作　病み上がりおかわり出来たもう一膳　桶村久美子
佳作　頻繁に連れの女の顔替わり　吉川乃利子
佳作　割り勘の時はおかわりふえる人　福井　眞澄
佳作　おかわりなく言いつつ俺の髪を見る　香川　幸子
古川嘉一郎選　まだくるか手口を変えて詐欺電話　西尾　光子
旭堂南陵選　古女房愛のおかわりねだりくる　網本　浩幸

宿題「人」

天　野良猫に人には言えぬ愚痴こぼし　太田　晃正
地　人の情コンピューターが消去する　柿木　道子
人　妻のぐち俺もそうやと一人言　旭堂　南陵
人　人の字を三つ飲み込む舞台袖　古川嘉一郎
人　人間に飼われてペット媚びを知り　旭堂　南陵
佳作　飛べないが鵜の目鷹の目持っている　福井　眞澄
佳作　煩悩があって人生おもしろい　柿木　道子
佳作　呆けたふりスケベな父に母笑う　香川　幸子
佳作　人の道説いてるネタは演歌です　網本　浩幸
佳作　ロボットが人に恋する未来劇　室井　明
佳作　世話好きでちょっと太めで肝っ玉　田尻　節子
古川嘉一郎選　悪い人演じてみたい夜もある　高野　則子
旭堂南陵選　人生はちょっと不幸がちょうどいい　杉村　春美

席題「きしむ」

天　ミシミシと泥棒困る古い家　柿木　道子
地　浮気してきしむ我が家の屋台骨　旭堂　南陵
人　ささいな事大揉めさせる自治会長　田尻　節子
人　親友も金の無心で軋みだし　藤田　恵子
佳作　整形の顔がきしんで夫逃げ　宮崎　研之
佳作　体じゅうあちこちきしんでサプリ漬け　杉村　春美
佳作　息ころしきしむタタミの盗みどり　新城　彪
佳作　箪笥預金引けば軋しむが中は空　室井　明
佳作　超特急レール軋ませ故郷へ　祐仙　淳子
佳作　あばら屋もうぐいす張りとやせがまん　釜中　明
佳作　骨軋む愛たしかめる四畳半　吉川乃利子
佳作　太平洋はさむ大国利がきしむ　重政紘二郎
佳作　忘れ傘うぐいす張りの知恩院　田中　伸彦
古川嘉一郎選　何かしら夜毎廊下のきしむ音　岡本　正
旭堂南陵選　五十肩軋ませてから拾う恋　渡辺たかき

平成29年11月24日

宿題「寝る」　難波　懐石　はし清

天　静かすぎ寝てる亭主の脈をとる　柿木　道子

地　なんとなく高くなってる膝まくら　網本　浩幸

人　浮気した泥酔亭主蚊に食わす　藤田　恵子

佳作　果報寝ているあいだに通り過ぎ　古川嘉一郎

佳作　初めての孫のお泊まり寝ずの番　田尻　節子

佳作　幼子のどんぐり握り言う寝言　渡辺たかき

佳作　いい夢の続きを見たくて二度寝する　森島　憲治

佳作　寝言から彼女がばれてわやになる　西村　卓朗

佳作　寝て起きてまた寝て起きて又寝るか？　丸小山光宥

佳作　寝るとまた捨てた女が夢まくら　清水　三朗

佳作　国会も猫も女房もよく眠る　宮崎　研之

古川嘉一郎選　うたた寝にルンバぶつかり添い寝する　西尾　光子

宿題「人生」

古川嘉一郎選

天	財無けど笑顔配って逝った父	鈴木千賀子
地	人生は途中経過がおもしろい	西村　卓朗
人	気がつけば人生語る歳になり	古川嘉一郎
佳作	平常心父が最期に見せた笑み	渡辺たかき
佳作	ことごとく試してみたい百八つ	川口　正浩
佳作	古稀過ぎて大きな夢を三つ足す	藤田　恵子
佳作	人生のはかなさを知る通夜の席	福井　眞澄
佳作	子犬買い婆ちゃん余命書き換える	藤田　恵子
佳作	今回が最後と告げる同窓会	旭堂　南陵
佳作	人生の機微教えられ縄のれん	福井　眞澄
佳作	人生は普通でいいと逝った母	清水　三朗
佳作	美田なく七光りなしマイウェイ	田尻　節子
佳作	鈍と根《こん》あるのに運がまだ来ない	網本　浩幸

席題「じわり」

古川嘉一郎選

天	今日食べた天ぷら明日は体脂肪	西尾　光子
地	じわり染む別れを告げた独り酒	香川　幸子
人	朝帰り「お疲れさま」と妻の笑み	渡辺たかき
佳作	ぬるま湯に浸かったままで子ら四十路	田尻　節子
佳作	見送ってじわり淋しさ押し寄せる	清水　三朗
佳作	三回忌過ぎて身にしむ友の死が	福井　眞澄
佳作	情けある友の叱咤がじわりきく	柿木　道子
佳作	いざ本番今ごろ効くな昼の酒	網本　浩幸
佳作	親の意見じわりじわりと効いてくる	川口　正浩
佳作	じんわりと南海トラフ攻めてくる	釜中　　明
佳作	年波がじわりじわりと寄ってくる	高野　則子
佳作	じんわりと効いてくるよなデコパンチ	森島　憲治
佳作	端歩突きじわりと攻める女棋士	重政紘二郎

平成29年12月9日

西心斎橋　懐石　十方

宿題「はんぱ」

天　里の家売れず壊せず貸せもせず　川中由美子
地　親が逝きハンパな遺産子がもめる　柿木　道子
人　はんぱ者《もん》言われた俺が母介護　香川　幸子
佳作　割れせんが売れすぎ悩むせんべい屋　福井　眞澄
佳作　カーナビに中途半端で投げ出され　高野　則子
佳作　「どっちでも」てエエかアカンか「どっちやねん」　田尻　節子
佳作　新成人半端者ほどよく騒ぎ　太田　晁正
佳作　はんぱねぇガチやべぇぜとぬかす孫　旭堂　南陵
佳作　白黒をグラデーションで生きている　重政紘二郎
佳作　頑固より中途半端が好々爺　田中　伸彦
佳作　休肝日匂いにつられつい一杯　奥田　啓知
佳作　青春のはんぱな恋をなつかしむ　古川嘉一郎
古川嘉一郎選　モリカケも半端な野党攻めきれず　新城　彪

宿題「ひねる」

天　トランプに自由の女神首ひねる　香川　幸子
地　ピンチにも金ひねり出す古女房　柿木　道子
人　おひねりが死語になるだろキャッシュレス　旭堂　南陵
佳作　五月蝿いぞ奴の蛇口をひねったな　網本　浩幸
佳作　いけずな子妹ひねり知らんぷり　加藤　節子
佳作　浪人も三年目にはひねた顔　吉川乃利子
佳作　ポケットに内緒ないしょとくれた祖母《ひと》　原　圭子
佳作　半世紀やりくりヘソクリ山の神　田尻　節子
佳作　実家のはレンジにテレビ皆ひねる　西村　卓朗
佳作　診察中医師首ひねり不安増す　西尾　光子
佳作　宴《うたげ》はてわれの靴かといぶかりて　友田多恵子
佳作　めちゃ上手い化粧ほめられ首ひねる　原　圭子
古川嘉一郎選　フラフープ祖母軽やかに得意げに　香川　幸子
古川嘉一郎選　蟻一匹ひねりつぶした更年期　吉川乃利子

平成30年1月13日

御堂筋　**木曽路**　心斎橋店

宿題「輝き」

天　あこがれは家族みんなで「食いだおれ」　渡辺たかき
天　闘将は燃えて輝く星となる　桶村久美子
地　ピカピカにシンク磨いて日を終える　高野　則子
地　輝いた爺ちゃんがいたアルバムに　福井　眞澄
地　駄作にも輝き見つける古川選　石津　圭広
人　輝きも金も無いけど幸せよ　西村　卓朗
人　同窓会輝く頭が徐々に増え　西尾　光子
人　父の手の仁丹の粒きらきらと　吉川乃利子
人　苦も楽も重ねて喜寿のいぶし銀　柿木　道子
人　星だって自分だけでは輝けぬ　網本　浩幸
佳作　輝いた記憶頼りの老い暮らし　重政紘二郎
佳作　ハレの日の着物届かず輝けず　宮崎　研之
古川嘉一郎選　成人の輝きつぶす「はれのひ」が　森島　憲治
旭堂南陵選　輝いたことを並べて自分史を　福井　眞澄

宿題「挑む」

古川嘉一郎選
旭堂南陵選

天　「禁煙」の字だけが巧くなってゆく　渡辺たかき
天　「挑戦」と書き初めをする母卒寿　宮崎　研之
地　肩車チビにせがまれサロンパス　原　圭子
地　なぜ挑む勝てるはずないカミさんに　加藤　節子
地　ご馳走を並べる祖母のたすき掛け　川中由美子
人　一花を咲かす余熱がうずいてる　高野　則子
人　百まぢか老々介護日々新　釜中　明
人　岩手からロスに飛び立つ二刀流　室井　明
人　もう一度のどかに青春切符する　田尻　節子
佳作　恋をした婆ちゃん挑む付け睫毛　藤田　恵子
佳作　育っては困るヒヨコを二匹飼う　吉川乃利子
佳作　百までの計画リスト箇条書き　高野　則子
佳作　サスペンス見るより怖い初運転　原　圭子
古川嘉一郎選　挑むほど逃げていくよな天地人　森島　憲治
旭堂南陵選　名門校挑んだだけで格上がる　石津　圭広

席題「ゴロ」

古川嘉一郎選
旭堂南陵選

天　シャンシャンはゴロ寝しててもインスタ映え　旭堂　南陵
地　ゴロゴロと稲妻鳴って隠れ宿　吉川乃利子
人　ゴロゴロと寄り添う猫らと寝正月　太田　晃正
人　初枕ついにお前とねんごろに　田尻　節子
人　ごろ寝するヨメ見て離婚決めた夜　網本　浩幸
人　ゴロ寝して気づくと首に妻の手が　宮崎　研之
人　岩おこし食べてゴロっと奥歯折れ　杉村　春美
佳作　語呂合せいつもあいつのだじゃれいや　釜中　明
佳作　バブル期はジゴロ気どって燃えていた　西村　卓朗
佳作　チビが訊く手ゴロてどんなゴロなんや　原　圭子
古川嘉一郎選　夜の街ゴロゴロ荷引く異邦人　石津　圭広
旭堂南陵選　エラーしたゴロの話で自己紹介　福井　眞澄

平成30年1月26日

難波 懐石 はし清

宿題「雲」

天 民の苦も知らずミサイル雲の上 重政紘二郎
地 政治家はすぐ病院へ雲隠れ 高野 則子
地 拉致家族雲をつかんで四十年 西村 卓朗
人 雲の上の女《ひと》はあきらめ今の妻 渡辺たかき
人 風雲急元カノメールにヨメ家出 釜中 明
佳作 雲行きの怪しい父に消える子ら 奥田 啓知
佳作 ちぎれ雲ぼくのようだと独り旅 網本 浩幸
佳作 同窓会あのカップルは雲隠れ 吉川乃利子
佳作 ジェット機のお尻で描く白い雲 藤田 恵子
佳作 成人の娘《こ》等を泣かせて雲隠れ 川口 正浩
佳作 借金と女に追われ雲隠れ 清水 三朗
古川嘉一郎選 雲が去り出てきた月が喧嘩止め 福井 眞澄
旭堂南陵選 雲行きがあやしい妻の上機嫌 柿木 道子

宿題「除く」

天 肩書を取った同士で美味い酒 渡辺たかき
地 墓参り非礼詫びつつ草を引く 西尾 光子
人 六十才除かれる人残る人 西村 卓朗
人 豆ごはん豆を除いて食べる奴 奥田 啓知
佳作 三センチ以上のヒールもはや無理 藤田 恵子
佳作 小室庇護文春排除の声高く 釜中 明
佳作 大掃除畳もあげた遠い過去 旭堂 南陵
佳作 七年目除染土に月凍て果てる 鈴木千賀子
佳作 厄除けの神社の屋根に避雷針 柿木 道子
佳作 除雪車も来ぬ過疎の村だだ白き 高野 則子
佳作 間引きした花の命に手を合わす 古川嘉一郎
古川嘉一郎選 体重計息はき指輪とって乗る 宮崎 研之
旭堂南陵選 不良品瞬時に除く町工場 川中由美子

席題「マナー」

天　大家族靴は隅から脱いでいく　藤田　恵子
地　中国でマナーの悪さを指摘され　新城　彪
佳作　トランプ節マナーモードにならへんか　田尻　節子
佳作　子を叱る親の心をまわり知る　大谷　康男
佳作　車中でのクシャミ堂々日本人　清水　三朗
佳作　葬式でマナーどおりをする嫌味　旭堂　南陵
佳作　若者はノート書くより写メで終え　西尾　光子
佳作　貴婦人を装う割にはマナーなし　高野　則子
古川嘉一郎選　今すぐに開封したい金一封　川中由美子
旭堂南陵選　皆がみなマナー違反でうつになり　河野　精佑

平成30年2月10日

西心斎橋　懐石　十方

宿題「うるおい」

天　朗らかな兄嫁が来て潤滑油　鈴木千賀子
地　よおしゃべるノド飴なめてまだしゃべる　原　圭子
人　加湿器が吐く息眺め一人呑む　宮崎　研之
人　電話では潤った声妻は出し　吉川乃利子
佳作　お肌にはコラーゲンより恋が効く　宮崎　研之
佳作　肝臓を絞れば酒が滲み出そう　柿木　道子
佳作　一瞬で心潤う子の寝顔　祐仙　淳子
佳作　捨て犬に目頭うるむ飼えないの　加藤　節子
佳作　うるおえと俺の財布が愚痴を吐く　古川嘉一郎
佳作　タイプだが潤いも無く汗くさい　蒲田　桂子
佳作　マイガーデン高騰野菜のおすそ分け　藤田　恵子
佳作　年金日ちょっとうるおう定年後　香川　幸子
古川嘉一郎選　飲む打つ塗るまだ女ですコラーゲン　田尻　節子

宿題「点」

天　氷点も沸点もある恋心　川中由美子
地　母は逝く点滴はずす夜明け前　加藤　節子
地　陽の光チビの指穴障子穴　原　　圭子
人　原点は肉無し好き焼き四畳半　蒲田　桂子
人　我が人生友一人居て満点や　鈴木千賀子
人　旅行して彼女のスッピン目が点に　杉村　春美
人　めちゃ悪い見つけたママの通信簿　藤田　恵子
佳作　グットバイ点になるまで手を振って　古川嘉一郎
佳作　点と点たどって土地の歴史見え　福井　眞澄
佳作　君とぼく点が続いて線の仲　網本　浩幸
佳作　目薬を点すのになんで口あける　奥田　啓知
佳作　採点のミスで落ちたと言い訳し　宮崎　研之
佳作　井の中で満点取ってご満悦　網本　浩幸
古川嘉一郎選　66逆さまにして褒めた祖母　藤田　恵子
旭堂南陵選　笑点と言うダジャレにてウン十年　重政紘二郎

席題「オリンピック」

天　核でなく聖火に点火ホットする　鈴木千賀子
地　こんにちは前は十九の春だった　吉川乃利子
地　五輪でも停戦合意せぬ女房　宮崎　研之
人　氷点下アナウンサーも口ごもり　福井　眞澄
人　お茶の間がシーンと息のむ採点時　柿木　道子
佳作　参加することに意義ある川柳会　高野　則子
佳作　最先端ドローンが飾る開会式　祐仙　淳子
佳作　開催国手玉にとったあの兄妹　田尻　節子
佳作　金銀銅妻とは今や鉄レベル　網本　浩幸
佳作　入場券美女軍団に頼りきり　西尾　光子
古川嘉一郎選　著作権やっと落ちつくエンブレム　加藤　節子
旭堂南陵選　いつもより多く回って金メダル　新子ミナ子

平成30年3月10日

御堂筋 木曽路 西心斎橋

宿題「いいかげん」

天 いい加減呑むのは止めて薬飲め 丸小山光宥

地 老夫婦問も答えもいいかげん 大槻 忠郎

人 詰め寄ると健忘症になる夫 吉川乃利子

佳作 婆ちゃんの真似はできない塩結び 藤田 恵子

佳作 おざなりはイヤよと彼女テレビ切る 網本 浩幸

佳作 二十四節季暦とずれて古語の道 西尾 光子

佳作 え、あんたらええかげんにしいや国の会 あんがいおまる

佳作 ゆとり教育円周率を3にした 重政紘二郎

佳作 なんでやろいいかげんやけど好きな人 古川嘉一郎

佳作 気が付けば出会い別れもけじめなく 加藤 節子

佳作 リス埋めた胡桃の半分そのまんま 室井 明

古川嘉一郎選 相槌がいいかげんだと見抜く嫁 田中 伸彦

旭堂南陵選 女より酒といいつつ目がいやらし 香川 幸子

宿題「外」

天 酒さげて外堀うめた婿養子 加藤 節子

地 氷点下震えながらもホタル族 原 圭子

人 強面の父が娘の雛飾り 吉川乃利子

佳作 ここはどこ心斎橋も外国や 岡田多恵子

佳作 家を出てようやく分かる家の良さ 福井 眞澄

佳作 パパお帰りうがい手洗い消臭剤 田尻 節子

佳作 アホやなあ俺を見た目でふるなんて 宮崎 研之

佳作 俺外し妻と娘が決めている 網本 浩幸

佳作 外ヅラの良い俺家で能面に 宮崎 研之

佳作 外は雨家《うち》ではヨメの愚痴がふる 柿木 道子

佳作 流暢に外人叫ぶ「なんでやねん」 祐仙 淳子

古川嘉一郎選 外出は妻にくっつく定年後 旭堂 南陵

旭堂南陵選 外面にコンマ一秒妻変化 重政紘二郎

席題「かぶる」

天　砂かぶり親方衆の派閥見え　旭堂　南陵
地　ねえあんたかぶりつきたいかぶりたい　古川嘉一郎
人　ゼッタイに触るなと云う父の髪　原　圭子
佳作　大震災気が付けゃ夫が被ってる　吉川乃利子
佳作　税金を横流しして頬被り　柿木　道子
佳作　罪かぶる部下の犠牲が社を救う　香川　幸子
佳作　似た句だが俺は落選あいつ天　室井　明
佳作　半切りのメロンかぶれと無理を云う　大槻　忠郎
佳作　被りっこしているうちが花やなあ　岡本　正
佳作　パーティでドレスがかぶりとしばれる　新子ミナ子
佳作　記念写真後ろ気にせず背を伸ばす　西尾　光子
佳作　かぶりつくやっと届いた握り飯　加藤　節子
佳作　被らない被って見ても隠せない　丸小山光宥
佳作　おつきあいちょっとかぶって今の妻　西村　卓朗
佳作　かぶろうと思ったけれどかぶられた　大谷　康男
佳作　男前見れば女は猫かぶる　太田　晃正
古川嘉一郎選　そんたくでかぶる覚悟が自殺をし　あんがいおまる
旭堂南陵選　かぶったね俺とお前の川柳が　田中　伸彦

平成30年3月23日

宿題「バイト」

難波 懐石 はし清

天 女房がボランティアかと訊くバイト　田尻 節子
地 繁忙期巫女も坊主もバイトです　高野 則子
地 遠くから我が子のバイト見る二人　福井 眞澄
地 寿命100寝たきりでする仕事いる　大槻 忠郎
地 バイトの子正社員より仕事でき　西村 卓朗
人 戦隊ショー終えて正義を脱ぎ捨てる　渡辺たかき
佳作 犬飼えぬ人と散歩のバイト犬　西尾 光子
佳作 ドラ息子ハローワークで育て上げ　友田多恵子
佳作 独り身の時給で暮らす気楽さよ　網本 浩幸
佳作 熟練の技はバイトのタコ焼き屋　柿木 道子
佳作 レジ打ちは職人なみよバイトでも　丸小山光宥
古川嘉一郎選 耳にたこバイトするならタウンワーク　吉川乃利子
旭堂南陵選 バイトしてイジメを躱すスベ覚え　大谷 康男

宿題「棒」

古川嘉一郎選
旭堂南陵選

天　新人の棒読みニュースこれも春　桶村久美子
地　泥棒をお茶でもてなす惚けた母　高野　則子
地　綿菓子の棒を舐め終え蟻に見せ　藤田　恵子
地　産声に棒立ちになる待合室　原　　圭子
人　一言で首相の地位を棒に振る　大谷　康男
人　春の雨裸の木々に緑呼ぶ　香川　幸子
人　お先棒担いではしごはずされる　川口　正浩
人　好きだから意識し過ぎてぶっきら棒　宮崎　研之
人　相棒はたった百円カップ酒　蒲田　桂子
佳作　満員のホール揺るがす棒の先　友田多恵子
佳作　要らぬのに焼鳥の串捨てられず　西尾　光子
佳作　万歩計持たされ今日も足が棒　福井　眞澄
佳作　棒しばり笑いの中に人の性《さが》　森島　憲治

席題「洗う」

古川嘉一郎選
旭堂南陵選

天　洗っても洗えど落ちぬ過去のドロ　川口　正浩
地　洗わないユニフォーム着て決勝戦　渡辺たかき
人　昭和なら洗濯板と母の汗　重政紘二郎
人　お父さんシャンプー無駄に使いすぎ　清水　三朗
人　夏休み行水の湯を母が足す　釜中　　明
人　答弁の嘘洗い出す目の泳ぎ　鈴木千賀子
佳作　彼女来て洗い物見て袖まくる　香川　幸子
佳作　洗いぐま被災の町を困らせて　旭堂　南陵
佳作　洗い髪束ねてカサを確かめる　桶村久美子
佳作　洗い場の背中の龍に惚れた宿　古川嘉一郎
佳作　シャンプーの香りで彼をゲットする　杉村　春美
佳作　ハイターの一滴ズボン泣いている　丸小山光宥

表紙の言葉

成瀬國晴

大阪、それもミナミをこよなく愛した作家織田作之助が「夫婦善哉」を発表したのは、昭和十五年（1940）四月だ。

この話の最後に主人公柳吉、蝶子が「めおとぜんざい」に入り、名物の一人前をふたつの碗に分けたぜんざいを食べる。

いまは法善寺水掛不動尊の前にある「夫婦善哉」だが、往時は道頓堀中座東隣りにあった今井楽器店（現うどんの今井）横の細い路地「浮世小路」を南に入り、法善寺裏に突き当った手前角にあった。

東隣りに「南地花月席」、西に「紅梅亭」という落語を主とする席があった。

提灯には「夫婦ぜんざい」とあり、店の西角は南向きの陳列窓で、畳の上に赤い毛氈が敷かれ、にこやかにお多福人形が座っていた。（大阪繁盛記）

いまは法善寺横丁といわれている石畳の通りにあった店々も大阪大空襲で灰燼と化し、店も代が変わってかつて料亭みどりがあった今のところにある。

私が取材に訪れ「三代目お福さん」に出会って描いたものが今号の

表紙だ。

人形も原画も店内にあるはずだが、新しい法善寺の歴史のなかに組み込まれれば幸いだ。

店の前では「法善寺まつり」に協賛して、「相合傘句会」が毎夏開かれているゆかりの場所でもある。


（イラストレーター）

上方文化人川柳の会相合傘会員（あいうえお順）

新子ミナ子（ＮＰＯ法人）・網本浩幸（弁護士）・あんがいおまる（ふらりふらり）・石津圭広（自営）・太田晃正（翻訳業）・大谷康男（会社役員）・大槻忠郎（無職）・大原基浩（自営業）・岡田多恵子（会社役員）・岡本正（無職）・奥田啓知（住職）・桶村久美子（カラーアナリスト）・大山崇子（会社員）・香川幸子（心斎橋大学）・柿木道子（くいだおれ代表）・桂ざこば（落語家）・加藤節子（工芸作家）・蒲田桂子（ジュエリー加工）・釜中明（いい家塾・塾長）・川口正浩（方円塾）・川瀬碧水（書家・篆刻家）・川中由美子（心斎橋大学）・河野精佑（会社役員）・旭堂南陵（講談師）・栄セツコ（桃山学院大学教授）・重政紘二郎（会社役員）・清水三朗（会社役員）・新城彪（会社役員）・鈴木千賀子（心斎橋大学）・杉村春美（心斎橋大学）・高野則子（会社役員）・田尻節子（レディースオーダーサロン芽生代表）・田中伸彦（無職）・友田多恵子（アートデザイナー）・西尾光子（心斎橋大学）・西村卓朗（粉砕機械製造代表）・野田時子（心斎橋大学）・原圭子（心斎橋大学）・平井頼子（心斎橋大学）・平川幸男（漫才師）・平川好子（正弁丹吾グループ代表）・福井眞澄（会社役員）・福長徳治（銀座鮨）・藤田恵子（心斎橋大学）・古川嘉一郎（放送作家）・古澤宏司（不動産コンサルタント）・丸小山光宥（不動産業代表）・宮崎研之（会社役員）・村田義彦（建築写真家）・室井明（まちづくり人）・森島憲治（税理士）・森トモエ（パティシエ）・祐仙淳子（心斎橋大学）・吉川乃利子（心斎橋大学）・ヨッシー原本（役者）・渡辺たかき（執筆業・予備校講師）

会友　難波利三（作家）　新野　新（放送作家）　成瀬國晴（イラストレーター・漫画家）

（平成30年４月末現在）

編集後記

「相合傘」の作品集も節目の第10号です。平成11年11月5日の第1回の例会から、もう20年。よくたどり着けたと思っている。

2年ごとのこの作品集。4年先の第12号を発刊する際には私も80歳の大台に乗る。それまで気持が持続出来るかどうか。しかるべき時に代表幹事を卒業引退させていただきたいと思ったりもしている。

毎度のことですが、手数のかかる事務局のお世話を引き受けていただいている大谷康男さんの労苦に深謝です。

表紙の絵を飾っていただいた成瀬國晴先生ありがとうございました。

さあ、とりあえず次の第11号に向けて、メンバー全員でがんばりましょうか。

（代表幹事・古川嘉一郎）

編集スタッフ（50音順）

大谷　康男
新城　彪
原　圭子
藤田　恵子
古川嘉一郎
丸小山光宥（写真担当）

文化人の定義

文化住宅に住み文化鍋と文化包丁を使用するに非ず、生産的な仕事に従事せず、非生産的なことに意欲を示し、その日常の大半を過ごしている地球環境にやさしい人たちを云う

上方文化人川柳の会
相合傘　十

発行日
2018年8月11日

著　者
上方文化人川柳の会
相 合 傘

発行者
久保岡宣子

発行所
JDC出版

〒552-0001　大阪市港区波除 6-5-18
TEL.06-6581-2811㈹　FAX.06-6581-2670
E-mail : book@sekitansouko.com
郵便振替　00940-8-28280

印刷製本
前田印刷㈱